象の消えた動物園

同時代批評

鶴見俊輔

編集工房ノア

疑疑亦信也
荀子

「象の消えた動物園」　目次

I

象の消えた動物園 12
ゴジラたち――加藤典洋『さよならゴジラたち』 15
言葉を生きる杖として――木村聖哉『我は何の木』 18
何代もの力――岩明均『寄生獣』 23
うなぎとカント 27
須田剋太の面影 30
御近所の歌人 35
隣人としての河野裕子 39
自分を読む 42

II

態度と知識——『思想の科学』小史　48
言語をつつむ言語——亡き多田道太郎に　57
作田啓一のルソー　62
バーリンについての読書会——那須耕介と　68

III

現代にひらける細い道——春風亭柳昇『与太郎戦記』　72
天皇論　78
せんぷうき　82
おじぎのある社会　86
大づかみにとらえる力の衰え　90
大きくつかむ力と瞬発芸——ナンシー関、こうの史代、福田定良　95

地位の亡者　100
もうろくから未来を見る　104
井戸とつるべ――戦争と私（上）　107
国家の暗黒の面を忘れまい――戦争と私（中）　111
「国家社会」という言いまわし――戦争と私（下）　115
日向康と松川事件――日向康『松川事件　謎の累積』　119
独創と持久――南条まさき（鵜飼正樹）演劇の記憶　123
もうろくと反戦運動　126
心に残る――『金石範作品集』　131
『天皇の世紀』を読む　134
自分の中に発見がなくなればそれで終わる　138
阿修羅と菩薩　141
神社について　144
負けにまわった鞍馬天狗　146

私の好きな日本と日本人　151
現代日本の『風土記』――赤川次郎『真珠色のコーヒーカップ』　156
ただ一作と言えば　159
歌学と政治　162
『平和人物大事典』刊行の言葉　166
ムダな努力　169
昭和天皇をおくって　171
哲学の母――川上弘美『パレード』　174
ユーモアの役割――ジョン・エイ『法律家たちのユーモア』　179
重い事実からの出発――「九条の会」憲法ゼミナール　184
朝鮮を忘れる日本――「九条の会」憲法ゼミナール　188
日本の平和運動の未来――「九条の会」憲法ゼミナール　193
岩波ホールをめぐる思い出　198
池澤夏樹著『カデナ』を読んで　203

まきこまれた人――小泉文子『もうひとつの横浜事件』 206
日本人のなかにひそむ〈ほびっと〉――中川六平『ほびっと 戦争をとめた喫茶店』 208
さらなる発展を期待して――福岡ユネスコ 217
新しい日本人と新しいアメリカ人 220
河合隼雄の心理療法を受けて 223
温故知新 226
よみがえる安重根 229
漂流と常民――『ライマン・ホームズの航海日誌』 232
五十年前は今とつながる 238

IV

ひろびろとした視野――永瀬清子 242
かざりのない二つの原則――富士正晴 260
この詩集に――志樹逸馬詩集『島の四季』 271

ゆっくりした世界——古賀光『富士さんの置土産』 273
彼——黒瀬勝巳 274
私の敵が見えてきた——多田遙子『私の敵が見えてきた』 279
青西敬助に託す——川崎彰彦『夜がらすの記』 282
この人の視角——永瀬清子『かく逢った』 283
戦時、戦後をおなじ人間として生きる——天野忠『そよかぜの中』 284
山田稔を読む 286

V

私たちの間にいる古代人——『石牟礼道子全集・不知火』 290
見えてくるもの 300
ひとつの時代にしばられないかれら——藤本敏夫 304
上山春平のあらわれた時 306
池澤夏樹おぼえがき 308

おなじ著者と六十年——埴谷雄高　311
持続の人・飯沼二郎　315
都留重人氏を悼む　318
『さんさん録』を読んで　321
女性の力の頂上——茨木のり子　324
編集者としての嶋中鵬二　326
福本和夫について　328
私を支えた夢——『評伝　高野長英』　330
歌集『山姥』序——鶴見和子　334
父から子へ　341
加藤周一を悼む　344
河合隼雄の呼びかけ　347
生命力の無法な羽ばたき——赤塚不二夫　354
堀田善衞の背景　358

独学その他——鈴木金雪『樹影の中の鳩笛』 363
総力戦下の三好十郎 365
島田等について 367
声なき声の会のみなさんへ——本多立太郎 372
貴司山治について 374
斎藤真のこと 375
森毅の思い出 377
梅棹忠夫の思い出 382
殁後の門人として 388
遠慮なく申します 391

VI

一月八日 394
一月十二日 395

*

あとがき 396

カバー・扉絵書　須田剋太
装幀　森本良成

I

象の消えた動物園

小説には、じわじわきいてくるものがある。

村上春樹の短編「象の消滅（象の消えた日）」は、読んだとき、なんのことかよくわからなかった。

数カ月、自分の中に、読後感が残って、自分が生きているこの日本だ、と思うようになった。

そこに「朝日新聞」天声人語で大東亜戦争直前の米内光政海軍大将の言葉に出会った。

「いわゆるジリ貧を避けようとしてドカ貧にならぬよう、ご注意願いたい」

おなじ日、テレビで、菅首相の記者会見と、新閣僚についての街頭感想を見た。ぱっとしない、というのがそれぞれの意見。それは東京だけでなく、福岡、仙台、北海道もおなじく。

このとき、私には、消えた象が餌《えさ》の世話係と共《とも》に帰ってきた。実物としてではなく、動物園のからっぽの部屋として。

日本国民は目先のニュースに心を占領されて、同時代の大きな事件である大東亜戦争がすっぽり抜けている。動物園から象の消えた日である。飼育係と共に。

この戦争を負け戦としてまっすぐに受けとめてゆるがず、その姿勢を戦後世代に伝えた人、つまり飼育係を二人挙げる。

大岡昇平。彼は補充兵として教育召集され、そのままフィリピンの戦場に送られた。敵と出会って殺さず、マラリアを病んで倒れ、捕虜となった。生きて帰って『俘虜《ふりょ》記《き》』など、一連の戦記を書いた。戦争の始めから終わりまで、この戦争が無謀なもの、負けに終わるものとわかっており、ただひとつ彼がつけ加えたことは、現地の人から見たこの戦争の姿だった。

もうひとりは本多立太郎《りゅうたろう》。彼は戦後、一九六〇年にすでに金融機関の役員になっていた。安保改定に反対だが、労働組合のデモには誘われず、国会周辺までひとりで来て、市民運動「だれでも入れる声なき声の会」の列に入り、その後、九十歳を超えて没するまで、この会の行事に加わった。さらに、戦争の回顧を、どこにでも招かれるままに出かけて語り続け、中国に渡って、彼が軍の命令のままに中国人捕虜を刺殺したことを、中国民衆に向かって明らかにし、あやまった。

大岡、本多の二人の日本人は、補欠として召集され、その戦争体験を完了した。象が消えた動物園として、日本の同時代は残っている。このままの姿で、この動物園は残るのか。もはや戦争体験を持たない次の世代から補欠(論文による命名)として認定を受けたまま、私は残りの人生を生きる。同時代の日本人は、なぜ、一九三一年から四十五年にわたるあの大きな事件を不問に付したまま、目の前の出来事に心を奪われるのか。そしてそのゆえに、同時代の中国人、韓国人、ドイツ人、その他の欧米人から信頼できない国民と見られている。日本人は、そのことを考えることなく、未来に向かっている。

(「京都新聞」二〇一〇年十月二十七日)

ゴジラたち——加藤典洋『さよならゴジラたち』（岩波書店）について

この本の装幀におどろいた。ゴジラがいかりあらわに、地平線はるかにたつ靖国神社につかみかかろうとしている。靖国神社をこわしたあとでは、宮城にまでゆくかもしれない。

三千万人が戦争のえじきになった。海の底には国境もないから、中国、朝鮮の犠牲もともにかたまって巨大な動物となって、日本国のおこした戦争へのうらみを吐きだすために、地上にのぼってくるかもしれない。

本のなかみを読むと、一直線な理論のすじみちをひたかけて、靖国神社破壊にむかうのではない。

日本の現代文化にまみれて、卓上のおきものとなり、女学生のアクセサリーとなる、可愛らしい文化に転生して、売り買いされ、戦後半世紀の日本文化の一部としてのところを得ている。

著者加藤典洋の日本文化のとらえかたは、瀧の白糸の手妻さながら、おちついた手さばきで、ゴジラを現代の卓上置物にまるめこんでしまう。

ガチョーン、や、私にピッタンコで一世をさらった谷啓がなくなったとき、彼の芸がハナ肇ひきいるジャズの即興芸からうまれたことが新聞に出ていた。仲間の植木等も、そのスーダラ節も、新調のせびろであらわれるときすいすいなどとジェスチュアまじりであらわれるところを、統領のハナ肇が目をつけて、あれを歌にできないかと言われたのがはじまりだそうで、さまざまの映画の無責任男として日本中をのしあるいたが、当人は信念はかたく、自衛隊の宣伝などには出なかったそうだ。それでも、無責任男の流行は気はずかしく、僧職にある父親に、これでいいのでしょうかと問うと、父は、いい、いい、とこたえて、親鸞上人の教えとおなじだと、はげましたという。敗戦後七十年のアメリカ風ジャズ（実は黒人がおこり）は、日本語の中の擬音語多用をこやしとして、こういう芸風をつくった。これをアメリカ化に刺激された独創と言わなくて何と言おう。

女性のバッグにひめられた可愛らしいゴジラはこのまま、黙って消えてしまうのか。米国ではティー・パーティーのはたらきで、かつてのヴェトナム反戦を帳消しにして無反省な米国へともどる動きがあり、ソ連、中国、いずれも国家批判を封じる時勢である。日本が、その間にはさまれて、スーダラ節とゴジラ人形を心に秘めて、私たちに可能な、非大国をめざす、国境越えの運動にのりだす機会としたい。

（書き下ろし）

言葉を生きる杖として——木村聖哉『我は何の木』

教師として学生の前にたっていたことが、二十一年ある。あった。

おちつかなかった。この人は、自分よりすぐれた人だ、という直観をもつことがある。

たとえば、おくれて自分の部屋にもどったことがある。部屋に女子学生がひとり待っていて、

「トロチェフさんが、ずっと待っていたのですけれど、てもちぶさたなので、私の家までおつれしました。」

という。

トロチェフとは、敗戦からまもないころ、リトアニア人の医師から電話でよばれて、

そのころ私がひとりで住んでいた長野県軽井沢で、県の医官との通訳をつとめて、群馬県草津の栗生楽泉園に入る手続きを手助けした白系露人の少年である。少年ひとりを日本人のハンセン病療養所にいれるのが、むごいと思われたので、園長は自分の判断で、トロチェフの祖母も感染しているとして、ともに園にいれた。

そのとき以来の長いつきあいが、やがて私が京都同志社大学に移ってから、ハンセン病回復者(新薬プロミンの開発以来この病気は伝染しないようになっていた)のホームを奈良につくる学生の運動をつくりだした。京大医学部教授の西占貢《にしうらみつぐ》は、ハンセン病回復者からこの病気はひろがらないという証明を出していた。

とにかく、この運動の火元は私にある。そのことを受けとめて、ハンセン病はうつらないと女子学生から言われたとき、さらにその言葉を女子学生の両親が信じてとめたことをきいて、私は平手打ちをうけたように感じた。

私は、マルクス主義者ではない。マルクス主義に同調する学生運動に、共感をもたない。だが、ハンセン病に対する偏見がなおも消えていない日本で、回復者のとまる場所をつくる運動を進める学生運動に対して、頭をさげる。

この運動の中心にいた学生は、何人も、なくなった。その中の何人かが、俳句の会をひらき、その中のひとりが、『我は何の木』という句集をつくった。その書評をここに書く。

東京に住むと、横浜、大宮など、ふくめて一千万都市なので、かつておなじ大学で友だちだったものも、たがいにばったりあうことがない。

定期に会う時と場所をきめよう。そのために句会をしよう、という提案あり、「猿楽座」句会ができた。昭和四十八年（一九七三）以来、三十七年つづいている。

木村聖哉の句集（二〇一〇年五月二十五日発行／私家版東京都杉並区高円寺北1―12―18）は、自分を一個の木にみたてて、トオテム・ポールのように地上においている。

春なかば言葉を生きる杖として

この句会には宗匠はいないそうで、あつまったものが、互選で点をいれるそうだ。私がひとりの読者として、心にふれる句を書きぬくと、

梅雨しとど首なし羅漢千余体

炉を焚いて太古の夢を紡ぎ出す

くたびれて炬燵の中の民主主義

廃屋の障子に蜘蛛の動かざる

俳文がつけてあって、その中で、心を動かされた記事。

中山千夏さんは、子役時代から歌手、テレビタレント、参議院議員を経て、現在は執筆活動に専念しているが、二十代でウーマンリブと出会い、「人権」、「反戦」に目覚めたのはよかったと述懐。

国会に六年いた体験から「権力者や金持ちは人を人と思っていない」「今は個人と全体が対立し、個人と全体がたたかう時代。個人を大事にし、全体に流されないようにしよう」「みんないっしょに〝ひとり〟を生きよう」とラディカルに訴えた。

このうたえは、私にとどく。

（書き下ろし）

何代もの力——岩明均『寄生獣』

おなじひとつの場所を去らずに長篇を読みとおしたことが、生涯に二度。一回目は十六歳のときで、足腰のばねがつよかったからできた。トウルゲネフの『ドミトリー・ルウディン』これは本箱の下のほうにあったのをとって読みはじめて、読みおえた時には日が傾いていた。

二回目は、七十歳になっていた。

椅子にすわって読みはじめてとまらなくなり、心臓の手術のあとだったから、もうやめるほうがいいと思ったが、どうなってもいいと思ってつづけた。十冊ものの岩明《いわあき》均《ひとし》『寄生獣』という漫画である。

漫画のおもしろみを書く力が私にあるか？　たとえば加藤芳郎の千人の忍者の漫画

が好きだ。千人のひとりがつかまって、がんじがらめになり、首をきられる直前、一つ梅ぼしを所望、あたえられると口にふくんで全身しわしわになり、縄をぬけて退散。梅ぼしのすっぱさで、体じゅうが形をかえ縄を退散。ここには梅ぼしを常用する日本文化↓しわしわのおばあさんという言語空間の活用がある。

こんなふうに漫画の批評をする力を『寄生獣』に応用できたら、と思うができない。

在日朝鮮人作家金達寿（キム・ダルス）の追悼の会に行った。

見知らぬ人が、私のところに来て、岩明均の父ですと名のった。

漫画家の父親から自己紹介されたのは、はじめてだ。漫画家本人からはあいさつのないままに、その父親と、母親からたよりがあった。父親は人類学者岩城正夫であり、板に棒をこすりつけて火を起こす方法を息子につたえた。採集した黒曜石のかけらからやじりをつくることも教えた。この長い助走が、息子の想像力をやしなった。そのやじりを、父は私に記念としておくって来た。息子の仕事を、彼がいかによろこんでいるかがわかる。

母はしばらく入院して病いを養っていたが、やがて、自分の著書を、おくってきた。岩城穆子《あつこ》『珠玉の出会いから』（群羊社）。

それは、学校からかえって友人の親にはなしてみると息まいている息子（中学生）に、いや、親に言うよりも、友だち同士ではなしあうことをまずするほうがいいという手紙を書いて、息子にわたすことからはじまる。このことからはじめて息子が二十歳になるまで折にふれて手紙を書いた記録である。次男にも二十歳まで、二人それぞれに八通ずつ手紙を書いた。その同時代の記録である。

父からも手紙をもらっただけでなく、自分の人類学者としての実践の成果である自作のやじりをもらった。

そのように『寄生獣』の著者岩明均には、長篇漫画作家として登場するまでに家庭の中での父と母との交渉の助走があった。百年にわたる教育は、誰にとってもあることだが、こうした父母の記録とあわせて、『寄生獣』は何代もの力のきずいた作品である。

ある夜、宇宙から、虫がふってきて、人間の腕の中にもぐりこむ。高校生は腕の中がかゆいので、電気のコードで腕をゆわえつけると、かすかに「残念だ」という声がする。脳をうばわれなかったが、それ以後右腕はその寄生獣の統制のもとにおかれることになる。

寄生獣は人間の文明を学習し、やがて超人を設計して、高校生を追いつめる。十七歳の高校生泉新一が超人間後藤と対決するのが、第十巻で、右腕の中にわずかにのこっていた寄生獣(もはや友人となっている)ミギーの知謀をかりて、後藤を倒す。

「おれはちっぽけな一匹の人間だ。せいぜい小さな家族を守る程度の……」

とみずからに言いきかせて超人後藤の命をたつ。


(書き下ろし)

うなぎとカント

九十歳に近い私にとって、哲学の本はどのくらい心にのこっているか。ソクラテス前派、プラトン、アリストテレス、アウグスティヌス、パラセルサス、スピノザ、これらが、老子、荘子、孔子とならぶところに来ているのが、老齢のもうろくの特色だ。

カント。第一批判と第二批判は、試験のためもあって二度しっかり読んだ。だが第三批判を読むことなく、人生を終るのか、と思っていた。ところが、ついちかごろになって第三批判（英訳）を手にいれて読むと、これがおもしろい。

味は、直接に舌にうったえるものだから、これを哲学上の議論にすることはできない、という。しかし味の系列を献立てとする料理法としてならば、議論することが、できるという。さすがだと思った。

連想は飛んで、カントは、うなぎを食べたことはあったのか。ギュンター・グラスの小説を映画にした作品に大きなうなぎが出てくるから、東ドイツではうなぎを食べただろう。ディケンズの小説にもうなぎは出てくる。フランスのルイ王もうなぎを食べて消化不良におちいった。フランスから出たカナダの移民は、まずこのひろびろとした大陸の測量と探険をはじめた。

つかれきって、友人の家にもどってきたひとりが、腹がへった、何か食べるものはないか、とたずねる。

「うなぎの干したのなら、あるけど」

と、家の娘はこたえる。

「それなら、いらない。」

ウィラー・キャザーの小説『岩の上の影』に出てくる。

うなぎならいらない。これほど、調理法の不思議を言いあてた文章はめずらしい。

日本の文化では、万葉集のころから、夏やせをふせぐためとは言え、うなぎは重んじられてきた。しかるに、フランス、イギリスでは、こんなふうに軽くみられている。

メニューにのせることはあっても、スペインでのように稚魚のパイとしてである。日本人の料理法から見れば、もったいない。

米国（メキシコと区別してこうよぶ）で日米戦争当時、戦時捕虜収容所に入れられた。そこで、食べたいものは何か、が話題に出たことがある。すし、天ぷら、とともに、うなぎのかばやきが共通の好みだった。ここにカントの第三判断力批判を援用すると、これは日本人の千年近い料理法を背景としている。

私には親しい米国人の友達がいた（なくなった）。彼が日本にたずねてきたので、ごちそうしようと思って、うなぎはどうか、というと、彼はいやとは言わないが、外交官特有の婉曲話法で中華料理で合意した。欧米人のうなぎへの道は遠い。


（書き下ろし）

須田剋太の面影

須田さんに迷惑をかけたことがある。

須田さんは、私が飯沼二郎さんから「朝鮮人」という雑誌をひきついだあと、毎号その表紙をかいておくられた。無料である。

お礼の方法はむずかしい。

私は須田さんがその所属する画家仲間の展覧会のある日に、招待して会食することにした。その行事は、須田さんがなくなるまでつづいた。その会食には、飯沼二郎、岡部伊都子、横山貞子、と私がくわわった。

会食の場所は、毎回かえることにした。あるとき、市内のホテルにした。そこから、比叡山をのぞむ景色がいいからだった。須田さんは、いつものように、元気だったが、会食のときに、何か気になるようだった。

会食を終えて、別れてから、思いあたることがあった。私のすわっていた位置からは見えなかったが、須田さんのすわった位置からは比叡山を背にして、太い柱にかかっている油画があった。その画が気にかかって、食事中も、気をとられていたのだ。

須田さんは、そのながい画歴の中で突然に、抽象画の画風をもつ同業者に出あった。同席のものは、その仕事にひかれなかったが、須田さんはひかれた。彼について行って、やがて今までの写実をほうりだして、抽象画だけをつくりつづけた。今も、須田さんの抽象画だけのコレクションをもつ美術館がある。

現在の須田さんの画は、それまでの写実をほうりだして抽象画だけに熱中した年月をよそに考えることはできない。

須田さんは、私の前に、司馬遼太郎の「街道をゆく」の挿画をかく人としてあらわれた。

日本に住む朝鮮人に対して差別をすることに反対の運動をおこした飯沼二郎を信頼し、その雑誌のあとつぎをする私に共感をもつ。このひとつのことが、須田さんを私に結びつけた。

何年もつづいた。その間、これまでに飯沼二郎がしてきたことが、どれほどたいへんなことだったかを、実務にあたった私の妻と私は知った。やがて朗報が来た。この雑誌は、九州にある大村収容所が、韓国から逃げてきた韓国人をつかまえて、特別に収容することに抗議してはじめたものだったが（アメリカ国籍のものは同じ違法入国をしても鹿児島のホテルに軟禁された。米国人に対する敬意が日本の警察にはたらいていた）、私たちの法律上の助言者小野誠之によると、韓国の経済が上昇したために、日本に逃げてくるものはなくなり、韓国人不法入国者をとめる場所は大村収容所になくなったということだった。

大村収容所の韓国人差別に反対して出して来た私たちの小雑誌「朝鮮人」は発行の理由をうしない、終りをむかえた。

ながいあいだ無料で表紙をかいてきた須田剋太の絵は、終りに余分一枚をのこしていたので、最終号に二枚いれることにした。

終りの会合に、須田さんは、ひとりでやってきた。利休の映画を見たかえりだと言い、自分が参画しなかったほうの作品に軍配をあげた。つきびとなしであらわれたことから、西宮の自宅までおくって行った。タクシーが自宅前につくと、ここまで来たんだから、あがってくださいと言われた。自宅のドアをあけて、おてつだい（足が悪かった）を呼ばず、もうねていた妻をおこさず、ただちに二階にあがって、健康のために日課としている体操を披露した。その次第を、自分で図解している。桧のすわり椅子二個をよせて、その上でさかだちするのだ。それから、階下におりると一間だけ、かきかけの画の散乱していない部屋をえらんで、彼自身のつくったやきもののオブジエクトを示して、これらの中の好きなのをもらっていってくれという。

私は、彼が「牧師」となづけた作品と、もうひとつ「ヌード」をえらんだ。ヌードはなまぐささを感じさせない不思議な作品だった。

彼がなくなったのは、それからしばらくしてのことである。須田さんは画商をとおしてデパートで展覧会をひらいた。そういうことがなくては、須田さん自身のくらしを支えることはできない。

同時に、自分のくらしの中に、金銭とかかわりのない部分があることを望んだ。「朝鮮人」の発行にくわわったのはそのためである。会食の機会に、彼は、グラッシでかいた自作数枚をたずさえてきて、同席した飯沼二郎、岡部伊都子、と私たち夫婦に選らばせた。こうして、私たちは須田さんの作品を多数所蔵することになった。

須田さんは、この日本で生きるひとりの仙人だった。

（書き下ろし）

御近所の歌人

御近所にめぐまれている。京都岩倉に三十年あまり住んで、このことを私は感じる。御近所に歌人永田和宏があり、この人について一冊の本が出た。伊藤一彦監修・松村正直編集『永田和宏』（青磁社、二〇〇八年七月）という本である。

古く顔をあわせたことがあるらしいが、こういう人だとは思わなかったので、この一冊におどろいた。

母を知らぬわれに母無き五十年湖《うみ》に降る雪ふりながら消ゆ
昼の月透き通りおりはじめからわれにあらざりしものとして母

ここにこの人の人間としてのありかたのもとがあるのかと思った。
年譜で見ると、一九四七年滋賀県高島郡饗庭村五十川にうまる。二歳のとき母は結核を発病。父は薬代などのため京都に出てはたらきはじめる。
一九五一年一月、母死去。「父に枕元につれて行かれ何か言ったら、その場にいた人たちがいっせいに泣いた。私のもっとも古い記憶である。」十月、父再婚。三人で京都紫竹に移り住む。

継母《ままはは》とうことば互《かた》みに懼《おそ》れたる母とわれとの若き日あわれ
山芋も柿、セーターも一箱に送りこし義母《はは》の寂しさは透く

こういう流れがひとりの人の六十一歳までをながれてゆく。このことが誰に言うともなくこの人の個性をつくる。

今年われらが見つけし三つの遺伝子に乾杯をして納会とする

しかし、個人を広告しない科学者としての生き方に対して短歌づくりのほうは、時間をいつわらない生涯の日記とも言うべきもので、そこに妻とこどもとが入ってくる。私は小学生のころから志賀直哉の作品を読みつづけその家族・友人の全部が友だちのような感覚をもった。こんなことは、外国の小説家に対してはない。私小説という種目につきまとう読書のありかただろう。

まして妻が河野裕子である。

「歌のあいだから裕子さんが見えてるものね」（小高賢）

こういう作歌四十年は、日本以外の詩人たとえばワーズワースにも、シトウェルにも見られないし、別の外国の小説では、ブロンテ姉妹にも見られない。そのことがなりたつことが、結社の問題にゆきつく。

永田和宏は、敗戦直後に桑原武夫の発表した「第二芸術論」から影響を受け、それをいかした人である。短歌は、桑原の批判によくこたえ、その主宰する結社「塔」もよくこたえている。

桑原のエッセーは、もともとトマス・ペインの「コモンセンス」によく似た政治論であり、その役をよくはたした。今の日本国の国会に対する批判としても十分に通用する。「塔」は、異質的な要素をつねにとりいれることによって、現代にもっとも活力かつ批判力のある集団である。異質的というのはつくり手だけでなく読者についてもそうで、相互の活発な長期にわたる対話が活気を失わせない。

（「京都新聞」二〇〇八年八月十八日）

隣人としての河野裕子

国家の号令に自分のたましいをふれさせたことがないという近藤芳美の短歌を読んで、この人の生涯の要約と感じた。一九二八年からつづく日本の軍国主義の中で、ひとりの高校生、大学生、技師として歩く。その歩みをともにする夫人がいて、家を訪ねたときの記憶など、やがて新聞の短歌選者としての短評にも、その感情の姿勢は終りまでかわりなかった。

私は小学校卒業のあとアメリカにわたったので、一九四二年に日米交換船で日本にもどり、徴兵検査海軍軍属、という戦中の日々にも、ともに歩む友人はなく、敗戦後、京大に来てからも裁判所の近くにひとりで下宿していた。時に会食にさそってくれたのはドイツ文学の高安國世夫妻で、この二人は戦中、近藤芳美と歩みをともにした仲間であり当時は「塔」という短歌雑誌の中心にいた。私は短歌つくりにさそわれたのではない。そのころの私の内面の言語は主に英語になっていたから短歌をつくる力はない。

高安夫妻がなくなって「塔」は永田和宏にひきつがれた。永田夫妻が岩倉の私の家の近くに住んでいることを知ったのは、そのあとのことで、ここに住みついて三十五年、郵便局と薬局で、河野裕子と出会った。隣人として出会った。あるとき、バスの停留所のベンチで、河野さんに出会った。悲しそうに見えた。どうなさったのですか？　とたずねると、娘が心臓の具合が悪くて、というこたえだった。隣り同士という心の動きは、私には、新しい共同性だった。

やがて、河野裕子・永田和宏夫妻との、隣人としての交際を得て、私は、たくさんの短歌を雑誌と歌集、新聞選歌で読むようになった。河野裕子が大学生として母として、最後の一息まで歌を読みつづけたこと、その間に何度も路上で会った記憶が、自分の中にのこっている。

おとずれる人の少ない私の家にたずねてきて、庭でそだてたコスモスの花束をおいていったことがある。いつも言葉少なく、私が同じ病（がん）だったことがきずなになっていた。

しらかみに大き楕円を描きし子は楕円に入りてひとり遊びす

これは不思議な歌で、生活詠をこえている。ここにある幻想は私の中に新しい幻想をつくる。つきあいのすくない私にとっては、河野裕子は何度も会った人だが、その短歌にふれたことはない。ただ私は、短歌の読者となることがここに住んで半世紀、私のくらしの新しい部分となった。

河野さんは、「塔」という結社を活力のある大きい社会とするだけでなく、みずからの家族に、その力をひろげた。実母、夫、二人のこどもに短歌の輪がひろがる。これは、万葉集このかた日本の短歌の特色となってきたもので、他の国の文化では、私は、例外としていくらか思い出すことができるばかりである。

私は、思いがけず、自分の最晩年によき隣人にめぐまれた。

（書き下ろし）

自分を読む

自分の書いた文章を最初に読むのは自分だ。しかし、自分の書いた文章を自分が読んで、その影響を受けてかわってゆく、そういう場合は少ないと思う。

大岡昇平、小島信夫は、その稀な例ではないか。

大岡昇平は、父が株屋で、息子を大学に行かせたいと思い、家庭教師を頼んで高等学校に進学させた。その家庭教師は小林秀雄である。大岡は早くから習作を描き、小林秀雄の仲間となり、京大に入ってスタンダール研究者になった。召集されて戦争に行き、生還して『俘虜記』を書き、さらに『武蔵野夫人』や『花影』を書いた。名声のある作家になってから、武田泰淳、埴谷雄高とつきあい、中年を越えて戦後派作家の仲間となった。この人に私がはじめて会ったのは、竹内好の葬式の席だった。

大岡昇平が亡くなってから、私は『ある補充兵の戦い』を文庫本で読んで、名作と思った。

小島信夫は戦後に第三の新人として現れた。「小銃」から私は好んで読んできた。彼は長生きして、『抱擁家族』などに壊れた家庭のこと、アメリカ人の介入などを書くようになり、やがて作家評伝の連作を書いた。そのいくらかを、これもまた文庫本の形で『私の作家評伝』（扶桑社『en taxi』別冊付録）で読んでおどろいた。もはや、「小銃」のころのひきしまった文体ではない。だらだらした、他人、読者にさえも警戒心のない、間の抜けた文体で、宇野浩二にふれて彼は書く。

「彼女のヒステリィをおさめてしまう方法は浩二の小説の中の男のようであってはならないのかもしれない。かえって無理解な男の方がよいのかもしれない。だがそういう男をおそらく彼女は求めなかった。ヒステリイの原因が医学的に見て何であるにしても、『えたいの知れないものを感じた人間』という理解を示す男に、彼女は自分の分身を感じていたともいえる。」

形をかえりみない、だらだら続く演説。第三の新人として現れた「小銃」から遠くまで来た。

誰しも、文章を発表しはじめるときには、これで雑誌がとってくれるかな、という不安をもつものである。大岡昇平、小島信夫も、戦後の早い時期にそういうところを通り過ぎた。そこを越えると、自己模倣の時代が来る。両者ともに、こういう作風と分類され、自分もまたそういう作風として、その分類を受け入れるようになる。

この成功した作風とは別のところに、二人はそれぞれ抜け出た。そのきっかけは、誰か別の作者の作風に魅せられたからではなく、自己模倣から抜け出したため、つまり、自分の書く文章を読むことを通してだろう。

あまり自作をくりかえして読まない作家の中には、多作によって有名作家の位置につき、読者に飽きられない人もいる。日本の古典を勉強しなおして、別の作風に移る人もいるし、海外の作家から示唆を得て、自分の作風をかえる人もいる。だが私には、大岡、小島はそういう人と思えない。

つきあいがあってそう思うのではない。二人とも会ったことはあるが、お互いにわずかに確認したくらい。しかし、それぞれの作品を同時代を通して続けて読んできた。両者ともに、作風が文壇で（というのは雑誌記者のあいだで）分類が定まってから、その作風がかわったことにおどろかされた。もはや文壇登場のころの第三の新人仲間である吉行淳之介、庄野潤三から遠く離れた作品だった。

（『小島信夫批評集成4』栞・水声社・二〇一〇年十二月）

II

態度と知識――『思想の科学』小史

一

思想というとき、それをいだく態度が問われる。態度をかっこに入れて、その人のもつ知識の多少、高低を問うのでは足りない。このことを、八十七年生きてきて、私は感じる。はじめてから六十三年になる『思想の科学』についても、おなじことを問いたい。

雑誌『思想の科学』は、七人の同人ではじめた。その仲間は、一九四五年八月十五日より前の戦争の時代にお互いに知っていた。仲立ちをつとめたのは、鶴見和子（私の姉）である。

一九三一年にはじまる中国と日本国との戦争をいやだと感じるのは、七人の共通の態度だった。それは一九四一年からは、米国と日本の戦争がいやだという感情の中に含まれてしまうが、それを共通のきずなとして雑誌をつくる提案をしたのは、和子だった。

和子と私とは、一九四二年八月二十日に日米交換船で日本に帰ってきた。

和子は、徴兵検査を受けない。日本に帰ってから日米戦争の終わるまでの三年間に彼女は、この戦争を支持していない人が日本にいることをたしかめた。米国留学中からつきあいのあった都留重人、武田清子、鶴見和子、私、それに丸山真男、武谷三男、渡辺慧を加えた七人が、『思想の科学』創刊の同人となった。思想の科学研究会は、今は一〇〇人を越えるサークル連合である。

創刊同人七人のうち二人が女というのは、世界の哲学雑誌としてめずらしい。その性格は、今もいくらかは保たれている。というのは、和子が自分の借りていた部屋で敗戦後に続けた集まり「主婦の生活綴り方運動」の仲間になった女の人びとが、『思想の科学』を一時『芽』と改題して続けていた時代に、書き手として登場したからである（加生冨美子、黒須つる子。一九五三年八月号）。

一九四九年、京都人文学園発足のころ私と近づきのあった駒尺喜美は、東京に移って主婦の生活綴り方の仲間に入り、五十年にあまる生活的学風を保って、大正・昭和の時代にあきらかにされていなかった女性の同性愛が吉屋信子の支えによっていたことにふれた（「吉屋信子——女たちのまなざし」一九七五年九月号）。

転向の共同研究には、一九五四年以来八年間の仲間の中に石井紀子、西崎京子、横山貞子がいたが、女性の転向と取り組むことはなかった。氏名の明らかな公人の他に大衆の転向を取りあげるという問題提起はすでに一九五三年六月七月合併号の『芽』に、「集団のかげの転向」として、H・Kによって投書されている。筆者は当時二十三歳の加藤秀俊である。この延長線で女性の転向は扱われる方向にあったが、転向研としてはこの未確認の大陸に鍬入れされることはなかった。一つの失点である。

その後、牧瀬菊枝が共産党の担い手のハウスキーパーに光をあてて「田中ウタ」を書き、また、共産党リンチ事件当時の熊沢光子についてすぐれた伝記『幻の塔』を書いた山下智恵子が、やがて思想の科学研究会に入った。こうして日本の左翼について男性筆者の描くことのなかった側面があきらかになった。

二

共同研究「転向」は、八年続いた。若い仲間がそれぞれ自分の中に戦争後期の記憶を取り戻し、研究の自発的な動機とした。先にあげた女性に加えて、しまね・きよし、高畠通敏、山領健二、後藤宏行、魚津郁夫、佐貫惣悦、仁科悟郎、原芳男、中内敏夫、大野明男。また、より年長のメンバーとして秋山清、判沢弘、橋川文三、鶴見俊輔、藤田省三、白鳥邦夫、今枝義雄、大野力、松沢弘陽がいた。

年少のメンバーに、すでに戦後体験としての転向がきざまれていたのは重大なことである。それは学童疎開と結びつく。

「戦争が生んだ子供たち」(一九五九年八月号)で自分たちの学童疎開を記録した柴田道子は、やがて『谷間の底から』(東都書房、一九五九年)を書き、共立女子大の学生として羽田闘争に加わった。彼女はその道から離れることなく、夫の長野への転勤を奇貨として、未解放部落の伝承について本(『被差別部落の伝承と生活』三一書房、一九七二年)を書いた。また、狭山裁判の証拠調べに応じた。この時の実験が原因となって亡くなった。

朝鮮戦争後の日本社会のかわりようは、執筆者層と読者層から雑誌『思想の科学』に流れこんで、この雑誌に質の変化をもたらした。富永健一「現代産業社会の構造的把握の問題」（上・下）によって敗戦後の一九五五年以後、農業から工業とサービス業へ人口の大転換があることが指摘され、一九六〇年の安保闘争には大野力「ビルの内側から」で、政治面での観測がなされた。

企業内部で戦後をすごした折原脩三と岡田昭三は、二足のわらじをはいて同時に思想の科学研究会員となり、定年退職後はそれぞれ長く会社員として構想を温めてきた大作を完成した。研究サークルをおなじくする若いメンバー伊藤益臣、栗山馨が、研究者としての折原・岡田の足跡を記念する仕事を発表した。

三

日本の思想研究が理想記述と現実描写にわかれるのは、明治・大正・昭和を通じて高校と大学での専門が、文科と理科と、互いに没交渉であったことに対応する。長年にわたる大戦の被害は、創刊同人の武谷三男が、はじめにこの雑誌を『科学評論』という題にしようとしたことで、科学技術の被害を受ける市民からの発言をのせてゆく方向をあわせもつ新しい視野を示したものだった。それは実現したとは言えない。

市民と専門家の相互乗り入れは、市井三郎が記号論理学と弁証法の共同研究（これは『思想』に発表された）で主導し、やがて比較歴史記述として『歴史の進歩とはなにか』（岩波新書、一九七一年）にひとつの結実を見た。

市井三郎によれば、コンドルセ以来の歴史の進歩という考えは、自然科学の進歩のモデルとしては当てはまるが、自然科学を誘導する国家社会の動きを含めると、当てはまらない。ソヴィエト・ロシアの自然科学は、ソ連の公式哲学の記号論理学排除に反して、ひそかに西欧の記号論理学を導き入れて、人工衛星を打ち上げる宇宙工学を発達させた。同時に政府公認の哲学は、記号論理学および記号論、さらにまた言語学をブルジョワ観念論と見なすことをやめなかった。

ソ連と対照的に米国では、自然科学は、大企業や広告と結びつく。広く米国社会の進歩と自然科学が結びついて、両者ともに手を携えて進歩することが保証されているという、大衆信仰が成立する。このように米国社会にある自然科学への信仰は、自然科学の中で保証されている手順とは別のものである。

米ソ二つの国家社会に流布している科学信仰は、専門の手続きによって保証される自然科学とは別のモデルに属する、と市井三郎は論じる。

四

しかし市井三郎は、自然科学者の指導下に市民を置くようにと論じた人ではない。市井の指導下に進められた共同研究「明治維新」は、幕藩体制後期に、その社会の中から御一新への運動がいかにして起こったかを、彼が戦後の企業社会の内部にあって着想した「キーパーソン」という概念を応用して明らかにする機会としたものだった。

かねてから市井は、雑誌『思想の科学』に保守主義者が誘われていないことを不満としていた。それでは看板の多元主義が実行されていないではないか。右翼左翼が共に考える場でなければいけない。そこで、『神社日報』主筆の葦津珍彦を誘って、共に天皇制について考える場をつくり、さらに共同研究「明治維新」をはじめるときに、葦津だけでなく、西春彦、林竹二、竹内好を誘った。それが江戸時代に育まれる、そして明治にはじまったのではないものとして明治維新を考えるきっかけとなった。林竹二によれば、明治になって新しい人間の理念にめざめた人とちがう真骨頂が田中正造にある。このことを史伝として綿密に追い求めた力作をとおして、戦後の田中正造復活の機縁をつくった。西春彦は、生麦事件だけでなく、船体修復に日本・ロシアの大工が協力してことにあたった戸田《へた》の経緯を研究発表した。竹内好は、明治維新一〇〇年祭を民間で祝うことを提案したが、実行には至らなかった。幕末に起こった維新の精神は明治三十八年（一九〇五）の日露戦争終結以後衰退の一途をたどった。アメリカに敗北した後、日本経済の復興以後、維新の精神が衰退をたどっていることと対応するやむを得ない事実である。

東京にのこる江戸時代の気風は、加太こうじと上野博正が研究会の中心を担うことによって、会にもちこまれたが、二人の死以後も、集団の気分として、「浮世床」、「浮世風呂」は持続している。これは言いかえればでたらめだとも言えよう。

態度が思想をつくるという仕方で影響をもったのは、秋田県能代の高校教師、「山脈」の主宰者の白鳥邦夫を通してで、「底辺を掘る」という彼の提案に応じて少年伐採夫として出発した野添憲治が、電気器具修理工の投書家として出発した佐藤忠男と並んで、力のある文章を書き続けた。日本文化の重大な遺産は村だ、と訴えた谷川雁が「サークル村」に中村きい子、森崎和江、石牟礼道子をさそったことは、やがて

『思想の科学』内部に今日も大きな影響として残っている。

『思想の科学』の多元主義は、創刊同人の一人、武谷三男が、戦前の雑誌『世界文化』と『土曜日』から受けついだもので、思想の科学研究会と雑誌の歴史を通じて除名がおこなわれたことがない、という事実によって、この習慣はかろうじて今日まで双方に保たれている。

後記　典拠は、思想の科学研究会・索引の会編『思想の科学総索引　一九四六～一九九六』思想の科学社、一九九九年。

（「思想」1021号・岩波書店・二〇〇九年五月）

言語をつつむ言語——亡き多田道太郎に

言語は人間にとって、はじめ音楽と切り離せないものとして、この世界に現れた。この考え方がルソーの思想の底にあることを、京大人文科学研究所の仲間の前に出したのは、最年少（二十四歳）の多田道太郎だった。彼は、ルソーの「言語起源論」を意訳した長い論文を書いて、私たちに見せた。

一九四九年四月に、新任の桑原武夫教授のはじめた「共同研究ルソー」は、ヨーロッパ近代をはじまりからとらえてみようという試みで、研究班のメンバーの大体は、かつて明治の中江兆民、大正の島崎藤村の影響で、ルソーといえば「民約論」と『告白』、昭和に入ってからは『エミール』、『孤独な散歩者の夢想』を読んではいた。しかし、多田のように戦中の東大生として自分ひとりでプルーストの『失われた時を求めて』（まだ日本語訳はなかった）を読み通した東大生が、戦後に京大に移って、共同研究班の教授たちと別に、ルソーの原著作を自分の流儀で読んでいったとしても、不思議ではない。彼はこうしてルソーの「言語起源論」に行き当たった。

ルソーが自分で作曲をし、歌曲をつくったことは『告白』に書いてある。その歌が、日本の幼稚園で明治から歌われてきた「むすんでひらいて」の元歌であり、それはルソーの歌劇「村の卜者」からとられたことも、音楽史家園部三郎を東京から招いて話してもらったときに明らかになった。ルソーの共同研究は多田道太郎という院生を仲間に入れたことから、発案者の桑原武夫の思いもかけない方向に進んだ。

何年かたって、民族音楽の研究者小泉文夫が世界各地で採譜して、音楽をもたない民族に出逢ったことがないという証言を得た。ルソーの「言語起源論」にとって意外な傍証である。動物のコミュニケーションの研究と相まって、理論的展望が今後さらに伸びてゆくことを期待できる。

知らない言語には心を引かれるが、わかるにつれて魅力は薄れる、という人がいる。飛行機で日本にやってきたリンドバーグの夫人、アン・モロウ・リンドバーグにとって、「サヨナラ」は、もっとも魅力のある言葉だった。この言葉を発するのは人生の重大な局面であることと相まって、日本語を解する者にとっても、心に残る言葉である。

医学生としてフランスに留学した堀内秀は、国境を越えて、スペイン語を聞いてその音に惹かれ、「なだ・いなだ」をペンネームとして小説を書きはじめた。「なだ」は、「無」という意味であり、「なだ・い・なだ」は「何もない、そして何もない」という意味である。

言葉は国境を越え、性別を超え、生物の種別を越えて、通用しているのが現実だ。効用として言葉を追いつめてゆくだけでなく、共生の中で、言語は動いている。

五十年ぶりで馬に乗る機会があり、アイルランドの山道を馬で移動したとき、アイルランド語を知らないままに、馬がこちらの意のままに動くのにおどろいた。馬は、乗っている者の身振りを言語としてとらえ、それに反応する。

身振りが、大きな言語である。身振りとして日本文化は、独自の領域を切りひらいた。神楽、能、狂言が、国境を越えて創造力を他の文化に分かち与えていることは、アイルランドのイエイツ、ドイツのブレヒト、フランスの不条理劇に見られる。アフリカの太鼓、南米の舞踊、太平洋のフラ、それらが、世界の現代文化に入ってゆく姿から、過去と未来を思うことができる。ヨーロッパの言語、たとえば英語に日本語を似せる運動だけを文明化と考えるのは、せまい。言語を、もっと広く、しなやかにとらえるようでありたい。

小学生のころ出逢った詩の断片を、八十年間くりかえし思い出す。

耳もきこえず　目も見えず
やがて五月になりぬれば
しずかにまわれ　糸車

北原白秋の本で読んだ。その前後はおぼえていない。

ベトナム戦争の年月は、黒人歌手オデッタの歌、南米につながるバエズの歌が、それぞれ私たちの日常の身振りの一部として生きていた。当時のフォーク歌手ピート・シーガーは、現在、九十歳に達しても歌っているそうである。

ラップランドのサーメ人が、若いころはそりに乗って遠くまで行き来したが、今は家にこもって、そのころを思い出して歌う、しわがれた歌声のレコードを一枚もっているので、シーガーの現在とあわせて、その歌声から現れる世界がある。正しい言語の規則はつくることができる。しかし、はみだす言語をおとしめ、しめだす道具にはしたくない。日本語についても、カタコトに近いモラエスとハーンの言葉が、すでにこの日本語に別の力をつくりだした。幼いこどもと話しているだけで、大人の日本語は新しくなる。

(月刊「言語」大修館書店・二〇〇九年十二月号)

作田啓一のルソー

ジャン・ジャック・ルソーは、どんな本を書いたか？

ジャン・ジャック・ルソーは、どんな人だったか？

ジャン・ジャック・ルソーは、なぜ、その本を書いたか？

この三つの問いに著者作田啓一は、答える。

その答えに、私は納得する。これまで私がルソーについて読んだ最もすぐれた読み方だと思う。なぜそう思うかを書いてみる。


ルソーは、生まれたときに母親が亡くなった。母の死を背負って生まれた。そのことは父への愛情を、罪の感じを含むものとする。母をかえせという父の声を、こだまのようにいつもきくようになる。自分が生きることは罪を背負って生きることにほかならない。このことがルソーを、自分のやった悪事を常にはっきりと語る自伝の書き手とした。おそらくアウグスティヌスを超え、チェリーニと並ぶ自伝の書き手にルソーをしたのは、この出生と（父による）育てられかたである。

ルソーの生まれたのは、ヨーロッパの小国ジュネーヴ共和国であり、その共和国の理想にルソーは熱狂的共感をもった。直接民主主義に対する心からの共感である。それが横すべりして、ヨーロッパの大国での間接民主主義に対する、熱意の裏づけのある支援に変わる。

私は、十代の少年としてルソーの『社会契約論』を読み、息苦しさに襲われた。ちょうど日本の軍部が、隣の国中国の大元帥を特別列車に乗せて麻雀を楽しませ、爆薬を仕掛けて殺し、しかもそれが中国人による行為だと嘘を言いふらしていたころである。こういう愛国には押しつけがましさを感じた。『社会契約論』の押しつけがましさが、それと似ているように思われた。不愉快な読書の思い出であり、同時に読んだ反対派のホッブズの『リヴァイアサン』のほうが読後感はさわやかだった。

『社会契約論』の理想が、大国に持ちこまれた場合、小国ジュネーヴとちがって、大国ナチ・ドイツを思わせるものになるということは、ナチスの脅威を受けた二十世紀の欧米人から当然の批判を引き出す。しかし、ルソーにとっては、ジュネーヴが彼の想像をめぐらすもとの場所だった。彼はまた、コルシカ、ポーランドなどに助言の文書を送っており、そこでは参考とされた。

さらに、成功とは言えないが、ルソーの死後、フランス革命の理想を受け入れて、カリブ海の小国ハイチを率いて、大国フランスと戦い、しばしばフランスを敗北させた黒人指導者トゥーサン・ルーヴェルチュールがいる。彼はフランスに謀殺されたが、しかし、その後に黒人共和国成立の道を開いたことを視野に収めるならば、竹内好の述べたようなヨーロッパ近代の理想をアジア（黒人を含む）によって包み直す努力の方向の第一歩がここにあったと言えよう。

『エミール』は、日本にそれほどの影響を持たなかった。しかし、明治の幼児教育の中に作曲家ルソーがしのびこんで、楽劇「村の卜者」から「むすんでひらいて」のメロディーが日本の幼稚園に入ってきた。ルソーの言語・音楽同一起源説は、桑原武夫の共同研究の中に多田道太郎が導き入れた仕事だが、園部三郎の音楽史上のルソーの位置づけによって定着した。

『エミール』は、もし日本の初等教育史上に仮りに読まれていたら、江戸時代の寺子屋教育を近代ヨーロッパ式に変えることなく、明治大正の教育の中に活かしてゆく方向を導き出しただろう。また二十一世紀の現在では、原アメリカ人イシの自己教育を受けついで、現代アメリカ模倣の道とは別の道をさがす運動の発端となり得た。ルソーの原始人の呼びさましたこだまである。

『新エロイーズ』は、かつてフランスで情熱をもって読まれた大衆小説だった面影を、日本の文学史ではとどめていない。作田啓一の分析によって、その特色がはじめて日本の読者に届く。人びとの心を相互に向かって開かせ、浸透させあうジュリのカリスマ的影響。このような小集団の中心は、少年ルソーにとってのヴァランス夫人の役割を思わせ、このユートピア小説においては、ジュリへの愛は、ひとりの男性との結婚をはるかに越える力となる。

それにしても、ヴァランス夫人に愛され、複数の愛人との友愛の中で幸福を共にした経験は、ルソーの中に長い影響を残す。学校に行かずに教養と知識を身につけた彼は、同時代のフランス知識人のあいだで、その独創性によって頭角をあらわすが、やがて、そのすべてと反目するに至る。その反目癖は国際的であり、はじめ友人とみえたヒュームさえ敵にする。このあたり、ヒュームのもっている公平さが私には好もしく感じられ、ルソーの感情の突然の高低が異様に思える。

自己教育で一個の思想家になったルソーが同時代の知識人からはじき出されるのは当然で、やがて、自己自身の評価に頼るようになり、『孤独な散歩者の夢想』で自らを救うほかなくなる。このときでも彼は国家とか知識人の論壇などに頼らず、楽譜の筆写などで自分の暮らしを支えるのは、誇り高い生き方だ。

自分の選んだ自然の直接性、自分という存在の直接性が、彼にとって、孤立の中の救いとなる。回想そのものがルソーにとっての救いである。自分が悪と認める自分の行為について、これほど率直に見事に述べた人を、私は知らない。この力がどこから出てきたのかを、作田は、さがしあてて語っている。

この著作は、早くから日本の読書人に迎えられ、青柳瑞穂の訳によって昭和期はじめから広く読まれた。それより早く、大正年間に、姪との情事を断つためにパリに逃れ住んだ島崎藤村の『エトランゼ』に、おそらく『告白』の日本語訳を読んでいた彼とルソーとの一体化が感じられ、孤独なルソーの姿は日本の古典の隠棲好みにかなっていた。

さらに広く、人間の歴史の中で、ドストエフスキーとニーチェと対照して、その特色を述べ、両者についての作田の把握を示す。

ルソー研究は、一九四九年四月、桑原武夫が京大人文科学研究所の教授に赴任したときに、共同研究の主題として選んだ。

当時は長い戦争の影響を受けて、フランス語のテキストでルソーを読む力を持っている者は、桑原指導下の共同研究班にさえ、桑原武夫、樋口謹一、多田道太郎の三名にすぎなかった。しかし、この一九四九年以来の蓄積の上で、作田啓一による周到かつ独創的なルソー研究があらわれたことをよろこぶ。

明治維新後まもなくの西南戦争当時、西郷隆盛に従って乱に身を投じた熊本の宮崎八郎が、「泣いてルソーを読む」と書いて熱情を吐露したときから百五年、日本人の読み継いできたルソーの著作が、ここに一つの結実をもたらした。

二〇一〇年九月二十八日

(『ルソー　市民と個人』作田啓一著解説・白水社・二〇一〇年十二月)

バーリンについての読書会——那須耕介と

アイザイア・バーリン著『カール・マルクス』という本を読んだとき、この人の仕事をはじめて読んだのは、イギリスの論理実証主義者たちの論文集でだったと思い、へんだな、そういう人がマルクス主義に鞍替えしたのか、と考えた。『カール・マルクス』はマルクスの著作を私に納得できる形で要約し、時代に抗して生きたその生涯を終わりまでたどったものだ。

著者バーリンの回想を読むと、突然におなじオックスフォード大学の屈指の歴史家ネイミアがバーリンの部屋にやってきて、君はマルクスについて書くそうだが、それはやめろ。あれはつまらない。フロイドについて書け、と言った。

ネイミアとバーリンはその時が初対面だった。その説得に屈せず、バーリンは『マルクス』を書いた。彼がマルクスに傾倒していたわけではない。反対派の仕事のすぐれた点を惜しみなく認めるという、バーリンが生涯貫いた方法の最初の結実がこの『カール・マルクス』となった。

社会主義者として、バーリンは、ゲルツェンを評価していた。ゲルツェンが長い運動の中で社会主義の短所について敏感であることに好意をもった。『潮流に抗して』という題名の示すように、バーリンはヨーロッパ在住の中から同時代の主流にとらわれずに自分の主張を守った人びとに関心を持ち、その評伝をつぎつぎに書いた。

彼自身の生きているこの時代についても、その方法によって、スターリン統治下のソヴィエト・ロシアではパステルナークとアフマートヴァを訪問して、同時代を抜きんでる訪問記を書いた。

ラトヴィア生まれでボルシェヴィキ革命の被害者としてイギリスに移住した経歴をもつバーリンは、難民としての自分を受け入れたイギリスの文化に感謝し、世界の難民のことを心に置いて思想史家としての著述を続けた。「難民」がバーリンの著述の隠されたキーワードである。

長々とバーリンのことをここに書いたのは、私なりにSUREの集まりに出て、自分なりになにか話すつもりで準備していたからだ。心臓の故障と入院で、それが実現しなかった。

今、自分のいない集まりの記録を読み、那須耕介のバーリンについての発表と、これについての常連の議論を読んで、自分が入った場合の会合を越える出来栄えに、さらに上まわる楽しみをもった。参会者への感謝。

二〇〇九年八月十二日

(『バーリンという名の思想家がいた　「ひとりの人」を通して「世の中」へ』那須耕介著解説・編集グループ〈SURE〉・二〇一〇年四月)

III

現代にひらける細い道——春風亭柳昇『与太郎戦記』

幾何の教科書にある円のモデルのような全体主義社会が、人の世に現れるとは思わない。

全体主義の典型のように言われるドイツでだって、ヒットラー暗殺の計画が何度もくわだてられたのだから、この円にも欠けるところはあった。まして日本は。

軍国主義の中で二度にわたって反軍演説を実行し、二度目には、議会から追放された斉藤隆夫がいた。大東亜戦争となり、政府は翼賛選挙を主催し、政府がよしとする翼賛会推薦候補をたてて、この人びとに投票せよと模範を示した。模範から離れて、斉藤隆夫は、非翼賛候補として選挙に出て、当選した。だから、一九四五年の敗戦のとき、斉藤隆夫は、日本帝国の衆議院にすわっていた。軍国日本がナチスドイツと一味ちがう所以である。

斉藤隆夫を軍国日本の国会に押し出した力は何か？

それを、私は、落語の力と思う。この島に住む人が、ナチスにまねて、一晩でかわるわけではない。ヨーロッパのまねをしろと明治政府に言われて、百年でかわるわけでもない。明治国家の前からつちかわれた落語の力は一挙には消えない。死びとにかんかんのうを踊らせる江戸人は消えてなくなったように見えて、人びとの中に眠っており、仲間の戦死に際して、誰がつくったか、当時の流行歌「湖畔の宿」のメロディーで、

「昨日うまれた　たこ八が
弾《たま》に撃たれて　名誉の戦死
たこの遺骨は　いつ帰る
骨がないから　帰れない
たこの母さん　悲しかろ」

という替え歌が歌われた。

戦争にとられた戦中育ちの落語家春風亭柳昇は、回顧録『与太郎戦記』を書いた。

一九四五年には日本にとっての民主主義の教師だったアメリカ合州国が、今や全体主義の教師となり、半世紀を経て中東イスラム圏に十字軍として攻め入る。そして、自分にならって、中東に民主政治を敷く手伝いをしろと日本人にも言う。

落語家柳昇の戦中回顧は、これからもアメリカ合州国のあとをついてゆく日本人に、行軍の休息の間に元気を取り戻す力を養うだろう。そこでグローバリゼーションの中に、細い道がひらける。

はじめは軍国育ちのまじめな青年だった主人公は、入営以後、服従つづきの何年かを経て、戦地に出て一人前の兵隊となる。その間に彼の落語家としての根底がつくられてゆく。

入営前夜、母は風呂をわかしてくれた。父が流してやろうと言う。いったん、

「いいよ」

と断ったが、そうしてもらうことにした。

自分としては、親から離れて一人前の人生に直行するつもりだったが、親にしてみ

れば、そういうものではない。父は、明治三十七、八年の日露戦争の一兵卒だった。

「だいじょうぶだよ、しっかりやるよ」

と彼が言うと、父はただ一言、

「うん」

と言った。父と息子との会話はそこで終わる。

翌日は、会社の仲間がブラス・バンドで送ってくれた。彼は妹にタスキと奉公袋をもたせて先頭を歩かせ、自分はバンドの中に入ってラッパを吹きながら歩いた。知らない人は、女が出征するのかと、キモをつぶしたかもしれない。


省線（今のＪＲ）から市電（つまり都電）にのりつぎ赤坂区役所前でおりた。

（連隊の）営門をはいる百メートルほど前の家に「かわいい子猫さしあげます」という札がはってあるのが、ムヤミに印象に残った。フシギなことに、その札は、その後半年そのままだった。赤坂の猫は、トシをとらないのかも知れない。

戦場にたっても、

「だれか一人ぐらい助かるだろう」
と思って、機関銃をうちまくった。こういうときには、自分ひとりではなく、自分を一つの集団として感じる。

「だれかが助かって、自分がここで勇敢に戦って、壮烈な戦死をしたと、故郷の親たちに話をしてくれるだろうナ……」

人間というものは、この期におよんでも、ヘンな欲があるものだ。

「よくやった、安雄」
と両親に認めてもらい、そして、ひたすらほめてもらいたかった。

なくなった部下の何人かとともに、自分も、死ぬことを誓った。

そう誓った私が、現在落語家の一人として、〝毎度バカバカしい〟おしゃべりをしているのだから、申しわけない話である。もっともそのときは、真実助かるとはユメにも考えられなかった。

ふたたび、今は、戦った相手のアメリカの中にいて、アメリカの戦いを担ってゆく日本現代史の中にいて、このように鍛えられた落語家の魂を保って生きてゆく道は、これからどのようにひらけてゆくのか。私は、この本の力が、これからのむずかしい時代に生きつづけてゆくことに希望をもつ。誠意をもって自分自身を笑うことができれば、そこには道がある。

（『与太郎戦記』春風亭柳昇著解説・ちくま文庫・二〇〇五年二月）

天皇論

成功は失敗のはじまり、ということわざは、長田弘がつくった。黒船以後百五十年あまりの近代日本史にとって味わい深い。

話が飛ぶけれども、一九四一年春、米国日本大使館から、これから来る引き揚げ船に乗って、日本に戻るようにという手紙が来た。私はハーヴァード大学の学部学生だった。大学内の後見人のA・M・シュレジンガー（シニア）にしらせると、彼は、講師だった都留重人を呼んで、三人で相談した。日米関係について、私は、戦争になるという見通し、都留とシュレジンガーは、戦争にはならないという見通しだった。シュレジンガーの言ったことは忘れがたい。

自分は米国史の学者で日本のことはよく知らない。しかし、百年前に貧しい国だった日本の指導者が大国の間にはじめて置かれて、懸命に舵を取り、今日の大国になった。これほどすぐれた指導者を出す国が、負けるとわかっている戦争に国民を巻きこむとは思われない。この予測は当たらなかったが、予測そのものは、心に残る。

百年単位で、一つの国を見る眼がそこにあった。

そこには、幕末の開国と明治維新があざやかな記憶として働いていた。

当時、ハーヴァード大学の日本部の教授だったセルゲイ・エリセエフは、東京帝国大学を最初に卒業した外国人で、病気をおして卒業式に出てきた明治天皇を、同時代にまれな君主と評していた。

エリセエフについて低い評価を与える日本学研究者、当時はコロンビア大学の学生だったドナルド・キーンは、『明治天皇』上・下巻の大冊をあらわして、明治天皇を高く評価している。明治天皇のひきいた時代の日本は、かけはなれた学問上の立場のエリセエフとキーンの両者から見て、偉大な時代だった。

その時代が広く日本国民に与えた誇りが、日露戦争後、大正・昭和にわたる現実ばなれの自己評価のもととなった。成功が失敗のもととなった。成功があまり大きかったので、そのつくりだした失敗は、日本の敗戦によって終わらず、平成年間に引きつがれている。敗戦後の経済成長は、この幻想を復活させ、補強した。

指導者の養成は、明治に入ってから、特に日露戦争終結後、学校本位にかわった。明治はじめには、明治以前の文化の中で育った日本人が明治の西洋本位の高等教育を学び、国家の指導者となったが、日露戦争以後に育った指導者は学校の成績本位で、陸軍、海軍、政界、財界の指導者となった。この変化が、日本はすでに世界の大国という国家的自負を追い風として、ナチス・ドイツを規範にする政治体制をつくる。

明治維新は、指導者の間で内乱をまねき、指導者相互の争いが起こったが、このことから、指導者はそれぞれの視野を越えるより大きな展望の仕組みをつくる必要を感じた。侍補《じほ》が天皇の側近を形づくって心棒にすえるという制度であり、お互いのむきだしの争いをゆるめ、天皇の前にひざまずくという制度である。この中心にあって、幼い明治天皇は日本だけでなく世界を遠くまで見る構図を築くことができた。

しかし、日露戦争以後の誇大な国家的自負心は、国内国外を遠く見る仕組みを失い、藩閥、財閥、学閥を越えて人材を登用する仕組みをなくして、デモクラシーを通ってファシズムへという二十世紀のドイツ、イタリアとおなじ道を踏んだ。米国による敗北は、ふたたびデモクラシーへの道をひらいたかに見えたが、軍国主義時代の失敗の記憶はなくなり、米国自身がデモクラシーを越えて全体主義へと変わってゆくなかで、米国の支持を得て自信を持った新しい国家主義に変わってゆく。

このとき、天皇と皇后とが、内閣と国会とはちがう風格をもって自分たちの思想と感情を表現している。天皇は、自分たちの祖先には朝鮮人がいると言明し、皇后は、かつて弾圧された側の女性詩人竹内てるよの作品を引用して世界に対し、自分の見方を表現した。これは、日本の天皇の長い歴史の中で、はじめてのことである。

このことが、どのような影響を今後の日本国にもつか、私は予測できない。旧憲法よりも、戦後憲法、戦争準備よりも、戦争しない国への傾斜をもつ人びとがいる。天皇制が崩れたことは、天皇家のメンバーが、よしあしの判断を自由にする道を、現在ひらいている。

（月刊『文藝春秋』「戦後憲法の天皇夫妻」文藝春秋・二〇〇五年三月号）

せんぷうき

せんぷうきというと、ジャワを思いだす。

一九四二年六月十日、米国のメリランド州にある、戦争の捕虜収容所から離れて、日米の捕虜交換船に乗った。二カ月半の航路を経て、八月二十日、日本の横浜についた。

区役所に行くと、「東京都最後の徴兵検査に間にあいます」と言われた。

アメリカを出るときは、十九歳だったのが、日本についたときは、満二十歳になっていた。

交換船に乗るか、乗らないかと、収容所できかれたときは、負けるときには負ける側にいたいという考えから、乗ると答えた。しかし、前の年から喀血を何度もしている自分が、兵隊にされるとは思わなかった。ただ、日本人の間にいて敗北を迎えたかった。それは、愛国心ではない。戦争を決定した日本国家の方針に、私は反対だった。だが、徴兵する側は、私の健康を、医学から考えることはない。敵国で勉強した者は、国民として教育する必要があると考えた。私の胸にあって、やがて化膿しはじめる突起を、彼らは見ても見えなかった。

しかし、合格とは言っても、即時入隊の甲種ではなく、第二乙で、召集がくるのを待つ身分だった。

そのとき、私には、つよい根拠もなく、陸軍より海軍のほうが文明的だと思えた。文明そのものが戦争を内にふくむというところまで考えを深めていなかった。そのため、ドイツ語通訳として海軍軍属を志願した。敵と向かいあっている位置にある「一戦地区」にいるあいだは、陸軍からの召集外に置かれる。日本はドイツと潜水艦でつながっており、その潜水艦の基地はジャワにあった。陸軍管理下のジャワの海軍武官府に、軍属として勤めることになる。

そこで扇風機である。雨季をのぞいて、暑い時間帯に扇風機をつけはなしにして寝入ると、体の水分をとられて死ぬことがあると注意された。

しかし、幸いなことに、私が集中して仕事する時間帯は、夜中であり、扇風機をかける必要はなく、熱帯の涼しい時間に、中国、インド、オーストラリア、米国、英国の短波放送をきいて、メモをつくり、次の朝、これもまだ涼しいうちに、自分ひとりで、新聞を書いた。この仕事が終わって暑いさなかに、役所内のベッドで扇風機をかけて休んだ。扇風機の利用は、それから、私の仕事のはじまる夜中までの暑い時間で、これなら寝すごしても死ぬという恐れはなかった。

海軍は、大本営発表を信じていなかった。大本営の戦果発表を裏切って、敵の軍艦は地平線にあらわれる。敵側のニュースを信じて、戦争の計画をたてるほかなかった。

私の仕事をしている涼しい時間は、島民にとっても、たのしい時間で、一歳、二歳のこどもたちも起きあがって、老人、大人たちにまじって遊ぶ時間だった。遠くからガメランの音楽がきこえてきて、私は自分の仕事を捨てて、村の楽しみにまぜてもらいたかった。

やがて胸から膿が出てきて、海軍病院で二度手術を受け、日本に送り返された。暑い場所から帰って、その後二年ほど、私にとって日本の夏は暑く感じられなかった。扇風機が必要になったのは、敗戦後、三年目に入ってからである。

こどものころ、扇風機がまわると、そこに自分が無意識の衝動から指を突きこんで切ってしまうことを想像しておそろしかった。これがまわっていることが快感ということは絶えてなかった。しかし、大正生まれの私にとって、何か自分を傷つけそうな悪意をはらんだ器械だった。

(『暮しの手帖』二〇〇五年五月)

おじぎのある社会

高い地位にのぼった人が、テレビで頭を下げてあやまるのは、戦後、経済が復興して、日本の指導者にゆるみができ、失敗が多くなってきてからのことで、戦前、戦中にはテレビがなかったから見られなかったし、敗戦直後にもなかった。

近くはNHK会長、この十年で、大臣、次官、国会議員、社長、病院長など。

それと結びついて、国連の常任理事国になりたいということを、政府の高官は何度も言明して、しかし、その地位についてどういう政策を世界に対しておこないたいかについてはなにも言わないというのも、いかがわしいもの言いである。

金持ちになって、親に楽をさせたいとか、自分個人として、酒を飲み、女性と遊びたいというのは、目的がはっきりしているが、大臣になりたい、社長になりたいとか、地位についての目標だけを言うのも、目標の立てかたとしていびつである。

その高い地位について、団体全体の失敗をかぶって、あるいは自分個人がワイロをとったのがばれて、テレビに出て、頭を下げるというのが、理想なのか。

明治の文学者斎藤緑雨が、おじぎは最高の健康法で、これを日々くりかえすことが体にいいし、社会における自分の安全を守ると言ったのを、景気のよくなった戦後に移すと、おじぎの修業をした成果は、こういう結末を迎える。

すみませんですむなら、警察はいらないという慣用句があるが、その警察でも不祥事はあって、トップは、テレビであやまる。

テレビに出てあやまるというのは、効果はあるのだろうか。この十年ほどの社会を見て、効果があったとは思えない。テレビを見る側に、高い地位につくというのは、こういうことだという、あきらめと許しがあると思う。

日本国の親分格のアメリカ合衆国でも、トップの大統領が、イラクに原爆があると国民に公言して、イラクに対する戦争をはじめ、原爆がないことを実証した。純粋に学問として考えれば、自分のたてた仮説がいかに大金を使い、人を殺す方法を通してでも、たてた仮説がまちがっていることが実証されたのだから、効果はあったと言える。しかし、政治として考えれば、それでいいのだろうか。

しばらく前まで、私の考えつかなかったことだが、二十世紀の歴史をふりかえると、ファシズムは、デモクラシーを通ってあらわれる。イタリアにリソルジメントの運動があって、ファシズムがおこり、ドイツにワイマール共和国があってナチスがあらわれ、日本に大正デモクラシーがあって、翼賛体制があらわれる。ドイツやイタリアとちがって日本ではそのとき、潮の変わり目が、よくとらえられないですぎてゆく。

一九四五年の敗戦直後、海軍軍医大尉として日本占領軍の一員となって乗りこんできたエリック・リーバマンは、ハーヴァード大学の同級生名簿をたよりに私を探しあて、こんなことを言った。

これからは、アメリカが全体主義国になる。日本はもともとファシズムの国ではないのにこうなった、その経過を話してくれると、アメリカ人の参考になる、と言う。私はまさか、と思った。

六十年ちかくたって九・一一の複合テロがおこり、そのあと、ブッシュ大統領がテレビに出てきて、「我々は十字軍だ」という演説をしたとき、私は、敗戦直後のリーバマンの予測が当たったのを感じた。

ブッシュ大統領は、アメリカの政策が、アメリカ以外の人々に不満をつくりだしていることに敏感でない。ブッシュを大統領に押し上げたアメリカ国民もまた、敏感ではない。

同時に、私のこどものころ、政府が、戦争は文明の母と説いていたことにも、かなりの真実が含まれていることを感じた。文明には、原爆をつくり、今もっている二つを、二つあるからという理由で日本に対してためすという実験的精神に裏打ちされており、その実験をやってみたあとも、反省しないというようにぶさに支えられている。

日本は、アメリカの文明を受け入れている文明の国であり、しかし、アメリカにはない、指導者がテレビに出ておじぎをすることで許してもらえる社会習慣をもっている。この文明国は、どこに行くか。テレビが後退して、携帯電話が盛んになると、今のおじぎという失敗の広告も、かくれてしまうのか。

(「毎日新聞」二〇〇五年四月一日)

大づかみにとらえる力の衰え

東京大空襲の中で、心ならずも生き残った母親の話をきいた。四歳のこどもが焼け死んでゆく前に、その前に赤ん坊がすでに焼け死んでいるのだが、

「赤ちゃんは苦しかっただろうね」

と言ったそうだ。

人間のできることは、これだけかと私は思う。

これは母親が語り伝える寓話だが、現代史、特に二十世紀の世界史を思い返して、いくつかの寓話が、私の中に残っている。

そういう私の思想は、急進的、進歩的、保守的、反動的という分類法で言うと、反動的という区分に属する。

そういう立場は、私の本来のものであり、戦争を生きてきたことで、つよく自分の中に根づいた。

戦争の終わりまで生きのび、日本思想史を読む時間を与えられてから、こどものときに知っていた横井小楠という名前が新しい意味をもつようになった。

黒船が日本に来るというしらせがあったころ、彼は、アメリカというものについていくらかきき知っていたことから、黒船をおそれることはないと言った。アメリカという国は、悪い王（イギリス国王）に反対して新しい国をつくったところで、私たちのいだいている儒教にとって、受け入れることができる。儒教を捨てることなく、その立場から話しあえば、わかってくれる。

だが、彼は、明治初年に京都で暗殺された。横井小楠暗殺後、高弟の元田永孚《もとだながざね》は、師の残した論文を見直し、師にはまちがいがあったと明言して、それ以後の彼の立場に移った。その立場は、後に彼の起草する「教育勅語」原案に影を落とす。

私の最後に卒業した学校は、日本では小学校で、その在籍六年のあいだに、儀式のあるたびに「教育勅語」をきいて育った。小学校五年と六年では、先生の解釈に従って「教育勅語」を読み、全文暗誦するところまで来た。その中で、「一旦緩急アレハ義勇公ニ奉ジ」という成句は、戦争のときには国家の命令に服することだと理解して、別の解釈を考えなかった。

「公」とは、国家とおなじだろうか。横井小楠の考えに沿って公を理解するならば、そうではない。「軍人に賜りたる勅諭」、これも二十歳に達して軍隊に入る前に完全に暗誦することを期待されていたが、上官の命令は天皇自身の命令と心得よという細則に従えば、新兵にとって一等兵の命令は、天皇の命令、つまり国家の命令ということになり、「公」の意味は、ここでは、はっきりしていて、あいまいなところはない。

大正は知らず、昭和に入ってからは、この解釈を破ることはむずかしかった。

だが、在日朝鮮人には、若くしてこの解釈を打ち破った人がいた。金達寿は、日韓併合後の朝鮮半島に育ち、彼を育てた祖母から引き離されて、日本にいる両親のもとに渡ってきた。小学校に通って日本語をおぼえるかたわら、くず屋として家計を助けた。やがて、仕切場で働くようになり、そこで、発禁本を目にした。河合栄治郎著『ファシズム批判』であり、その中に、国家は社会の一部である、と書いてあるのを見て、なるほどと思い、社会から国家が成立し、国家が成立した後も、国家の中にさまざまの社会があり、社会の立場から国家を批判する権利があることに眼をさまされた、という。

日本の知識人が国家に屈服するのは、日本の国家が大学をつくったという事情による。それに加えて日本の教育制度の影響があり、小学校からはじめて、先生が問題を出し、その答えも先生の出す答えにあわせるという習慣を植えつける。小学校、中学校、高校、大学と、別の先生につき、その問題と答えとを洞察し得た者が優等生となる。これでは、日本で大学を優等で卒業するには、十八年間に転向の条件反射を植えつけられることになる。国境外の審判を受ける数学のような学科では、そうも行かないだろうが、法学系、人文系、社会科学系では、その傾向には逆らえない。途中で何度も先生がかわるごとに前の記憶を消してゆくから、前の記憶から何十年もかけて養分をとる方法は、知識人にはつきにくい。昭和のはじめから新聞記者になるのにも大学卒業を資格とするようになって、明治大正の反骨の記者は出にくくなった。一九三九年のノモンハンにおける日本軍大敗を新聞が相よってかくしたことを、現在の新入り記者で知る人は少ない。こうして、目前の役に立つ記事で紙面を埋めることとなる。

「いま」というこのシリーズを読んで、筆が大づかみに目前の日本をとらえる力を発揮しているのにおどろいた。しかし、戦中に養われた私の抜きがたい偏見では、知識人の特徴が近いうちにかわるとは思えない。なにしろ今度は戦中とちがって、米国の後押しを受けているのだから。

（「西日本新聞」二〇〇五年四月十日）

大きくつかむ力と瞬発芸——ナンシー関、こうの史代、福田定良

本を読む速度が落ちている。それは私のことで、十歳のころの十分の一が八十二歳の今と見てまちがいない。その私から見て、坪内祐三『文庫本福袋』（文藝春秋）は有益である。この五年間に読み落とした本のかんじんのところを、教えてくれた。

三島由紀夫と全共闘の対話記録で、全共闘が三島に呼びかける言葉は、当時の流行語として軽く飛び去っているのに対して、三島の言葉は当否を別として、誠意によって残っていることを示している。

もうひとつ、ナンシー関『何が何だか』（角川文庫）。このひとは、私に言わせれば限界芸術に属する消しゴム彫刻をつくって、現代の一瞬をしばらく残す芸をつづけていた。坪内はこの本の中で、「ナンシー関のいない日本なんて」と嘆いている。

さっそく私はこの本を買いに行って読んだ。

「今の世の中『得しないと損である』が常識となっている。」

これは一行でこの時代の日本を要約し得ている。


「しかし『得しなきゃ損だ』という人間の本能というかいじましい貧乏根性というか、が最も強烈にニオうページを発見。毎号恒例のレギュラーページ『パーティー&イベント』だ。これは旅行ではなくいわゆる『ねるとんパーティー』の物件紹介ページである。

いや噂には聞いていたが、すごいな。『男性参加者・ドクターおよび一流企業、年収一千万円以上　女性参加者・おシャレなＯＬ、火曜日は新宿デパートガールも大集合！』と臆面もない損得勘定の嵐。『男性・スーパードクター限定（何じゃそれ）女性・保母さん看ゴ婦さん限定』とか、もうグチョグチョなかんじ。恥ずかしいわ私。そんなに得したいか。あんまり得ばっかりしてると、何かあるぞ、人生。と、思うけどなあ。ないのかなあ。とほほ。」

消しゴム彫刻には、「神サマどうか得しますように」と真剣に祈っている若い女性が彫り込んである。

こうした瞬発芸の達人を失ったことは残念だ。

大きくつかむ力を、現代日本人は失った。私のかんでは、一九〇五年から百年つづいており、これからいつまでつづくのか、回復することがあるのかどうかわからない。ナンシー関は、今をとらえる瞬発芸だが、時間・空間ともに大きくとらえる瞬発芸が日本から現れたらたいしたものだ。マンガの世界からは、すでに岩明均『寄生獣』があらわれた。さらに、こうの史代『夕凪の街・桜の国』（双葉社、二〇〇四年十月）が出た。

いろいろの種目をまぜてかんがえるので、あたっているかどうかわからないが、現代日本の教授、評論家は、近ごろの出来事については正確だが、じぶんが昔出会ったひとつのことから、あきもせずにくりかえし何かを引きだしてくる芸風の人が、この百年、少なくなっており、これまたいつまでつづくのか。原爆を落とされて生き残ったひとは、今は、少ない。経験しなかった世代の中から、この作品が現れたことを、ほとんど奇跡と思う。日本文化の百年を越える潮流にあらがう仕事だ。

若い娘が広島の街を、気楽にはだしで歩いてゆく。口ずさむのは、

「しんだ
はずだよ
おとみ
さんー」

この歌がはやったころは、まだ同時代の記憶として原爆投下があった。しかし今は。いや、原爆投下を生き残ったこの少女ミナミには、生きていて、新しい意味を引き出す。

ミナミが休んでいるのを心配して、彼女を好きな同僚が訪ねてくる。ミナミは、家にはあげず（昨夜の雨でぬれたきものを干した母が、裸で寝ている）、外で話している。でも野菜の煮たのをもって出て、いっしょに食べる。

「ええヨメさんになるな」

それをきくとミナミは急におこりだして、

「うるさい！　ヨメになぞなるか！」

ミナミの心中の独白。

「しあわせと思うたび、美しいと思うたび、愛しかった都市のすべてを、人のすべてを思いだし、すべて失った日に、引きずり戻される。おまえの住む世界は、ここではないと、誰かの声がする」

一九三一年いらいの長い戦争のはじめ、狂人をよそおって病院ですごし、除隊してからは徴用工となって南の島で土方として暮らした福田定良の遺稿集『堅気の哲学』(藍書房、二〇〇五年)。彼は、哲学の教授にはなったが、西洋哲学が似合わず、しばらくでやめてしまった。彼の哲学は、「私」が「私」でいられるための小さな哲学、チイ哲学だった。

(「赤旗〈時の音〉」二〇〇五年二月十五日)

地位の亡者

自分の書いた文章を試験問題として出され、ためしに解いてみたら、採点規準とされた模範答案とちがっていた、という話を読んだことがある。

本文をよく読んで出した答えが、作者の意図から外れるのはあり得ることで、別にそれだから間違っていると言うことはできない。

今年、明治学院大学経済学部の入学試験に私の文章が使われ、それを送ってきたので、私は自分で答えを考えた。すると、答えが私を追いつめるという体験をした。

試験問題の文章は、私の知人が毎年、靖国神社に参詣に行く実話からはじまる。彼は戦争に生き残った者として、なくなった戦友の視線にさらされるために、靖国神社に行く。この経験は、ルース・ベネディクトの『菊と刀』に異論を立てて『恥の文化再考』を書いた作田啓一の分析した心理類型に近い。作田啓一は、複数のちがう視線にさらされたとき「はじらい」がおこるという。生きている自分に向ける自分自身のまなざしA、亡くなった友達が自分に向けるまなざしB、この二つのまなざしを向けられて自分の感じるはじらい。この中に、ベネディクトの洞察し得なかった日本人の自意識があるという。それは日本人の良心に近いものだ。

ここまでは、私がかつて書いた文章の要約である。私はここからはずれて考えた。小泉純一郎首相は、靖国神社参拝を、中国の抗議に反して続けているが、それをどう考えればいいのか。

私が、小泉純一郎だったとすれば、どうするか。ここに問題の鍵がある。

もし私が前記の知人後藤弘とつれだって、靖国神社に行ったとすれば、私は、ためらうことなく神殿に向かって参拝する。戦犯が合祀されているとしても、そのことにこだわらない。私は、米国が勝者の裁きとして設立した東京裁判に反対である。

小泉純一郎は、もし彼の信念によって靖国神社に参拝するのなら、総理大臣をやめて、靖国参拝を続けたらどうか。

権力の位置にある人と、権力をもたない人の行動は、おなじ行動でも、その影響はちがう。ある個人が偶然に、人を殺すのと、総理大臣が殺人を教唆するのとでは、おなじ悪でも、悪の大きさがちがう。

小泉純一郎が、ハンセン病患者・元患者の、九十年の隔離に終止符を打ったとき、私は彼の果断に感動した。元患者であると頭ではわかっていても、はじめて会うときには恐いものだ。一度決心したとき、彼はまっすぐ相手を見て握手した。その態度にためらいはなかった。もし彼がそのすぐあと、病に倒れたとしたら、石橋湛山と並ぶ宰相として私には記憶されただろう。

タフト二世は、米国の戦争裁判法廷の設立に、保守主義者として反対し、そのために大統領になる機会を逸した。政治家としての器量は、こういう決断のときに問われる。戦前、米国で学生だった頃、私には、ワシントンがなぜ重んじられるのかわからなかった。軍人としても、政治家としても、それほどすぐれた人ではない。しかし、六十余年後の私には、ワシントンの値うちがわかる。彼は、三選が可能だったとき、家庭に戻って私人としての生涯を選んだ。

ひるがえって日本の現在を見ると、「国連常任理事国になりたい」。常任理事国になって何をするのか、この十年あまり問題にされていない。「大臣になりたい」、「議員になりたい」。なってなにをするのかは二の次である。百五十年を大づかみにすると、明治国家をつくった坂本龍馬、高杉晋作、彼らを支えた白石正一郎、小松帯刀は、そういうふうに考えなかった。後に権力の座に着いた西郷隆盛、木戸孝允、大久保利通も、そういうふうには考えなかった。この百五十年に、日本は崩れた。

（「赤旗〈時の音〉」二〇〇五年五月十七日）

もうろくから未来を見る

六十年前の敗戦直後には、これまでの日本を廃墟に導いた老世代にかわって、若い人びとの智恵に期待したこともあったが、次つぎにより若い人びとに交代してゆく果てに、戦後の荒廃がもたらされて行く。若い、さらに若い、ということでは、日本の戦後の再建は実現しない。

赤ん坊語に翻案できるものはマンガであり、「アンパンマン」はその典型である。これにかなうようなもうろく語の作品はあるだろうか。アンパンマンには、バイキンマンという敵役が出てきて、クリスマスの直前にこどもたちへのプレゼントをひとりじめにしてしまう。アンパンマンはこれに対抗して戦い、こどもたちのためにプレゼントを取り返し、世界のこどもたちの拍手をかちとる、という筋もある。

世界のプレゼントのひとりじめという主題は、先進国が地球の富をひとりじめにするという、まさに現在の問題で、この絵本をもうろく老人と赤ん坊が囲んで、おたがいに読みきかせをするのは、家庭内のすばらしいシンポジウムと思う。

プレゼントの中で、食物は中心を占める。『森浩一、食った記録』（編集グループ〈SURE〉という本を読んで、この人は、明治時代のある東大教授が家族に内緒で食物の種類を記録したところ、一年間に五十種類にしかならず、原始人に及ばないという話にヒントを得て、自分の家族に内緒で、夕飯がすむとこっそりメモをした。旅行することが多いので、一年間に二百十四種類に達した。それでも、全国どこの町でも、現在の流通機構に乗っている食物は、かなり画一的であるという。

著者は考古学者・古代史家であり、原始人と競争するところがおもしろい。臨終に際して所望したい食物はカツオの腹皮だそうである。著者自身による挿絵が入っているが、この本が喜寿記念の限定出版であるところが残念だ。

六十三年前の日本人に対する原爆投下は、もともとアメリカに亡命したユダヤ人が、ユダヤ人を絶滅しようとしたナチス・ドイツに対抗して工夫したものを、日本にずらして適用したもので、発案者のひとりであるアインシュタインは、これを自分たちの罪と自覚している。

このような大量殺戮は、原始人の世界にはない。ナチスの大量虐殺と原爆の創出との対話という歴史を見なおすことが、もうろくへの翻案の中で実現できる。ここに、枝葉を忘れて重大なことを中心として考える糸口がひらける。

一九四五年八月、ヒロシマとナガサキに原子爆弾を落とした米国は、高空からの写真で、日本に兵器生産の能力がもはやないこと、連合艦隊が滅亡していて戦力のないことを知っていた。大統領の幕僚長リーハイ海軍元帥は、日本に対する原爆投下に反対した。それを押しきってトルーマン大統領はヒロシマとナガサキに原爆を落とした（リデルハート『第二次世界大戦史』）。ナガサキに対する原爆投下は、二つの異なる種類の原爆をもっている国として、二つめの原爆の効果を試したいという、科学者のけがらわしい動機にもとづくものだった（C・P・スノウ『新しい人たち』）。

これらの事実を、米国政府はすでに六十年間にわたって隠している。その隠しようは、あと何百年続くか。その国是の中で米国は絶滅してゆくのか。こうした人類史のあらすじを、もうろくの中にとらえたい。

（「赤旗〈時の音〉」二〇〇五年八月十六日）

井戸とつるべ——戦争と私（上）

フランスの哲学者アランは、物理学にはシロウトだが、力学の問題と取り組むときには、いつもつるべの働きから考えて、それで用は足りた。彼の内側には井戸があり、そこにつるべを降ろして、そこから水を汲みあげる。

この一節は、私の記憶に残った。

というのは、こどものころから、八十年を越えて、私の見てきた日本の知識人が、それとはちがう心の働きをしているように見えたからである。

彼らは、一様に、試験の達人である。この試験というのは、出てくる問題に答えを書くことを小学校一年生のときから、つぎつぎにこなして、ほぼ十八年間、ちがう問題を解き続ける課程を通りぬける。答えは、先生の心の中で決まっており、それにあっていれば、いい。先生はつぎつぎにかわるから、大学を出るころには、ちがう先生にあわせて転向をくりかえす反射ができている。

自分の井戸をもっているはずだが、そこからくりかえし水を汲むという作業は、学校の勉強から切りはなされて、忘れられている。

私が、身近の知識人とちがう道を歩いたのは、学齢前に、別の姿勢ができていて、不良少年として通してきたからだ。

張作霖爆死の号外を見たのは、学齢前のことで、彼の写真入りだった。政治家の家に育ったので、まわりの大人は、日本人がやったのだと言っていた。私には、まだ日本人という考えがなく、日本人というのは恐ろしいと思った。この考え方はずっと私に中にあり、これを手放したことはない。

自分の国を批判するような人には、日本の外に出ていってもらおうというのが、私が学校に行くようになってからの、日本国の大勢だった。

アメリカにでも行ってもらおうか。そのアメリカに十五歳から行って、大学教育はそこで受けた。そのアメリカが、二〇〇一年九月十一日以後、私のこどものころの日本によく似た国になって、私はもはやどこにも戻るところはない。

アメリカで異邦人として生きるよりも、日本で異邦人として生きるほうを選ぶ。これが一九四二年に、日米捕虜交換船で日本に戻って以来の私の考えであり、私は、張作霖爆殺のときの経験から、自分なりの素朴なつるべを使って水を汲みつづけている。日本で卒業したのが小学校なので、私には友達は少ない。その後アメリカに渡って大学は出ているから、小卒ということにこだわるのはいつわりであるが、私の井戸とつるべは、こどものときに経験した日本の同時代であり、「サルトルはもう古い」、「○○はもう古い」という、百年以上も日本の知識人の言論の型、思考の型となっているものに、日本に戻ってから六十三年になっても、なじめない。

私には本物の小学校卒業だけの友人がいて、それは戦前の紙芝居屋加太こうじだが、彼は、じぶんのところに警察が来るのを予期して、自分に「マルクス—ロシア人」と自然に口から出るように練習した。やがて警察はきた。

「ここにマルクスの本はないか?」

「マルクス? ああ、あのロシア人ですか。」

特高警察は、加太よりも学歴があるから、おどろいたようだった。

「でも、ロシアは赤の国でしょう。マルクスは赤でしょう。だからロシア人でしょう。」

警察は、あきれて帰った。

私はここに、自分の知識の働きを見据える力、つまり思想の働きを見る。

ある葬式で、東大教授の前に座って、食事をしていたことがある。そのときふと、彼が、

「鶴見さんが東大教授の悪口を言うのは、ハーヴァード大学を出ているからじゃないですか」

と言う。この人は、ハーヴァード大学をアメリカの東大だと思っている。戦争に日本が負けて、アメリカの東大として、日本の東大より上の大学として見るようになったのか。こういう考え方の人と、つきあうのは無駄だと思った。

学問には学問の値うちがある。しかし思想は、学問ではない。自分の偏見を支えとして世界に対して立つ態度に根ざすもので、その態度からいつも新しい状況と取り組む方針を引きだすこつがつるべだと、私は思う。それは学校でおぼえることではない。

（「共同通信」二〇〇五年五月）

国家の暗黒の面を忘れまい――戦争と私（中）

戦争中、私はジャワ島ジャカルタ在勤海軍武官府で、短波放送をきいてメモを取り、翌朝これをまとめて、ひとりで新聞をつくっていた。海軍は大本営発表にたよって戦争をするわけにはゆかない。

放送は、重慶、ニューデリー、オーストラリア、アメリカのAP、イギリスのBBC。その中でも、BBCにある晩、T・S・エリオットが出てきて、ジェイムズ・ジョイスの『フィネガンズ・ウェイク』について一時間話をした。この一連の放送には私をひきつける力があった。当時インド向けのBBCの報道を受けもっていたのはジョージ・オーウェルで、このことは、戦後に知った。

スペイン市民戦争がおこった時、オーウェルは反ナチス側部隊の一員として参加する途上、自分の好きな作家ヘンリー・ミラーをパリに訪ねる。ミラーは、オーウェルの説得に応じなかった。後になって書かれた「鯨の腹の中で」というエッセイで、ミラーはその時、自分になにを言おうとしたのかをオーウェルは考える。自分の尻にすわれ。これが、ミラーの言いたいことだったのだろう。そのことは、オーウェルの部隊がアナキストの集団としてナチスとソヴィエト共産主義の間にはさまれ、何人もの死傷者を出した経験の中で反芻されて、それからのオーウェルの立場をつくる。

オーウェルは奨学金をもらってイートン校に行き、そこから当然予想されるオックスフォード大学、ケンブリッジ大学に進学せず、当時イギリス植民地だったビルマに行って警察官となる。そこでも、住民の側に立とうとしても、自分は立てない位置にあることを見きわめ、イギリスに戻ってくる。大学生の左翼への不信はつづき、その不信の中から小説とエッセイを書く。戦後にオーウェルの作品を読むことができて、私は自分の知識人不信と響きあうものを感じた。

ことに、郷土愛と、自分の生まれついた言語への愛をもとにした友愛の感覚を基礎にする思想に共感をもつ。それは、国家主義とははっきりちがう郷土愛であり、グローバリズムとは一味ちがうローカリズムである。

京都に住んで五十六年たつ。その間、町内会の役員が三度まわってきて、たのしくつとめた。四月はじめに終わったばかりである。同期にいっしょに役員をつとめた年寄りは、もう一度まわってくれれば、またつとめると言う。生きているかぎり、何か近所の役に立ちたい。それがたのしみだという。こういう気分が郷土愛であって、それは戦争に向かう国家主義とはちがう。国家には、もともと戦争に向かう仕組みがある。原爆がつくられてからは、この仕組みを変えるのが目標となる。二十世紀の原爆投下の惨害をこえて、さらにおなじ仕組みの国家を続けてゆくのは、人間にとって得策ではない。

自国が惨害をもたらした側面を隠して、自国の栄光を国民に語り伝える米国は、自分たちを文明国と称して戦敗国の戦争責任を追及したが、この隠しごとをいつまで続けるのか。

タフトは大統領の子として生まれた保守政治家であり、戦争裁判法廷に反対して、自分が大統領になる機会を失った。このタフトを、やがて大統領となるケネディーは、『勇気ある人々』の中で褒めたたえた。ケネディーとその弟は、アメリカ国家の暗い側面について認識を持っていたが、それは多くのアメリカ人にとって不快でもあり、二人とも暗殺された。その後の米国は、自分たちの暗い側面に対して自覚を持たない人々を指導者に選んだ。そして日本国の指導者はアメリカの指導者の方針に常に従う。これまでの国家を越える理想を示した現在の憲法を変えて、普通の国家に直そうという。この方向が、六十年前に自分たちに災害をもたらしたところに引き戻そうとしている。しかし、政治上の高い位置にある人たちはまだそう思うところに来ていない。

（「共同通信」二〇〇五年五月）

「国家社会」という言いまわし——戦争と私（下）

「国家社会」のために努力してください、という言いまわしは、いつからできたのか、私は知らない。はじめに国家があるというのは、事実に反するのではないか。社会があって、それが個人をつくる。やがて社会から国家ができて、しかし国家の中にいくつもの社会があり、それらは国家を批判してゆく。

こどものころ丘浅次郎の『猿の群から共和国まで』という本を読んで、動物社会から国家ができてゆく成り立ちに納得した。しかし、そのころから、国家を最高のものとして、国家内部の社会による国家批判を許さないという気運が日本正統の思想となっていった。

小学生のころの金達寿は、くずの仕切場で発禁本を手に入れ、河合栄治郎著『ファシズム批判』の中で、国家といえども、ひとつの社会であるという文章にぶつかり、悟るところがあった。その言葉は、日本国家内の在日朝鮮人社会に生きる彼にとって、日本国家批判のテコの支点を与えた。

明治新政府成立の際に助言者として迎えられた横井小楠は、かつて黒船のうわさをきいたとき、こう言った。米国建国の功労者ワシントンは専制君主を追放して自分たちの国をつくった人だから、悪王の追放を義とする儒教と考えをおなじくするもので、私たちは自分たちの教えを変えることなく、彼らと話しあえばわかる。その横井小楠は明治初年に暗殺された。

小楠の高弟元田永孚は小楠先生の遺文を検討して、先生の教えにはまちがったところがあると言い、その再検討の結果は、後に彼の起草した教育勅語にあらわれる。

「一旦緩急アレハ義勇公ニ奉ジ」の「公」とは、昭和年間に入っては、国家の命令のことであり、国家の命令には服従すべきものとされた。これは、昭和年間に入っては、上級者の命令にはかならず服従すべしという考えになり、もともと横井小楠にあった諫争《かんそう》の臣として忠義をつくすなどという考えは存在する余地がなくなった。二等兵にとっては一等兵が天皇の命令の代行者となる。私の育った昭和はじめには、横井小楠はただ偉い人とだけ伝えられ、なぜ彼が偉いかについてはきかされたことがない。それでは、国家の内部にある社会、さらには国家の外部にある社会に耳を傾ける余地はなくなる。

もとに帰れば、横井小楠も、坂本龍馬も、高杉晋作も、西郷隆盛も、国家よりも広い考えをもっていた。その時代に育った明治初期の指導者は、児玉源太郎も、高橋是清も、小村寿太郎も、世界を舞台としてロシアと対し、負けないところまでたどりつくことができた。彼らのつくった遺産を受けついで、やがて、国家を代表するものに必ず服従する昭和の戦争時代に入り、敗戦を経て、今度は米国の指示をそのままきくという国家のかたちに入った。この国の未来は今も横井小楠の理想から遠く離れたところにいる。

二十世紀に国家のもたらした惨害を、二十一世紀の私たちは考え続ける必要がある。原爆を貯えているといういつわりの情報を信じて、世界で最も多くの原爆を貯えている国家が、その国に向けて先制攻撃をする。これを変なことと感じる常識を養いたい。この常識を欠いている米国の世界政策に日本の指導者が疑いを示さずに従うのはどうだろうか。

日本国は、かつて朝鮮、台湾を植民地とし、中国大陸、フィリッピン、ビルマで大量の殺人を重ねてきた。大東亜共栄圏という旗をかかげてアジアの人々に難儀を強いてきた。そのつけを払うのに、敗戦後しばらくおとなしくしていたことではすまない。日本国はアジアから抜けだすことはできない。アジア諸国民から日本国が白い眼で見られていることを自覚してつきあい、商いをしてゆく。その覚悟が、これから長い年月にわたって、私たちには必要だ。

（「共同通信」二〇〇五年五月）

日向康と松川事件——日向康『松川事件　謎の累積』

著者のことから書く。

日向康《ひなたやすし》は、陸軍士官学校生徒である。

一九四五年八月の敗戦の時、学校の籍を失った。この青年たちに対して、東北帝大の学科のために準備教育をする課題を、東北帝大教育学部教授林竹二は、課外の仕事としてひきうけた。

林竹二の塾で教育を受けた生徒の中で、日向康は、東北帝大に進まなかった。彼は、林竹二の教育を受け、林竹二の学生となった。明治以後、日本で大学制度ができてから、ひとりの先生に学ぶ道を選ぶ人は少ない。ソクラテスに学ぶプラトンのような学問の方法を、日向は選んだ。

林竹二について、長いあいだ忘れられていた田中正造の足跡をしらべ、やがて日向自身の仕事が、林竹二の田中正造伝につづいて大著『果てなき旅』（福音館書店）に結実した。林竹二に同伴する記録は、かつてボズウェルがジョンソン博士の日常を写した大冊『ジョンソン伝』をつくったことと相似て、『それぞれの機会』（中央公論社）という作品になった。

日向康による『松川事件』記録であるこの著書にも、随所に林竹二の示唆が影を落としている。

一九四五年八月十五日から一九五二年四月一日は、有史以来、日本がはじめて異民族の支配下に置かれた時期であり、それ以後今日にいたるまで、沖縄と本土に基地を置いて、米国の支配を残している。

その事情は、日本の犯罪史において特色をつくりだした。大学所属の専門学者から離れて、尋常小学校高等科卒の作家松本清張は、『日本の黒い霧』三部作によって、この問題と取り組む独自の道を切りひらいた。彼は学歴のないことを活かして、学歴のある知識人左翼がひきあげたあと、無人となったプロレタリア文学の道を自分ひとりで歩いた。

松本清張の数ある仕事から、日向康は刺激を受けた。彼もまた、士官学校から離れて、大学生とはちがう道を歩いてきた。林竹二は日向康に、小学校中退で土方の修業から劇作の道に入った長谷川伸を読むことをすすめた。その影響は、この作品『松川事件』にも、たとえば土蔵破りの件などに現れている。

この土蔵破り未遂の余波は、最後のくだりになってふたたびあらわれて、裁判の進行に重大な役割を果たす。

全体として、著者は、ゆっくりと松川事件の資料を自分の眼でたどり、被告は無罪であり、彼らを告発したことが、日本の国家権力のつくった犯罪であるとする。

列車転覆を起こした犯人はいたにちがいないが、著者の検討した資料によっては、特定することはできない。

警察と検察、そして初期段階の裁判によって牢獄に閉じこめられた被告は、三千四百八十四日拘束された二宮豊の場合、百三十九万三千六百円というわずかな補償金であった。

みずからの今後にとって不利な結果を覚悟して法廷で土蔵破り未遂を証言した村上

義雄は、被告全員無罪のしらせをきいて、自分の私生活をふりかえる。

「私たちのつまらない犯罪は、いってみれば終戦直後の戦国時代のようなときでしてね。そのおかげで、松川無罪に役立ったとすれば、いまとなっては有難いと思っています。」

著者は、陸軍士官学校を離れてから、右にも、左にも組みせず、恩師林竹二とおなじく、ソクラテスの弟子として同時代に対した。

たまたま、著者の住む仙台に、公正な弁護を求める弁護士の伝統があり、その人びとに助けられて、松川事件弁護団の活動を、親しく自分の眼で見ることができた。

私は著者と四十年を越える交友があり、彼の知遇を得たことを感謝する。

二〇〇五年五月三日

(『松川事件　謎の累積』日向康著解題・新風舎文庫・二〇〇五年六月)

独創と持久——南条まさき（鵜飼正樹）演劇の記憶

三月二十六日、五条会館に南条まさき芸能生活二十五周年記念公演を見に行った。起きたのがおそかったので、昼すぎ会場に行きついたときには、劇場は満員。平場は座る余地もなく、うろうろしていると、敬老精神のある観客が横側の欄干ぞいの場所に案内してくれた。おそらく、席中一番の年寄りが私だった。

はじまりは講談仕立ての一代記で、こんなに若くて自伝を語る人は、芸人の中でもまれだろう。張り扇をたくみに使って、めりはりのある一代記だった。

後方に、大学院生として大衆芸能を参加観察の場として選んだ時からの舞台姿が編年体で映し出される。毎年の年賀状が彼の年輪を示している。

鵜飼正樹が、桑原武夫会長の現代風俗研究会に参加してから、三十年。研究者としての経歴の方が長い。その間に、芸人のききがきを中心とする人間ポンプ伝を書いた。これは、名人がなくなったことから、今後これを越える本は現れない。彼は人間ポンプに師事し、実演のときの紹介をつとめ、実演だけでなく、その座談を記録した。

会場には、学者の姿もちらほら、中心部に十五人くらい。しかし、三百人のおおかたは、彼がこれまで続けてきた女チャンバラその他の劇団のつながりだった。

現代風俗研究会を作った動きから数えると、桑原武夫、多田道太郎、橋本峰雄、山本明、田吹碩、私のうち、生き残っているのは、多田道太郎と私だけである。創立メンバーを第二世代とすると、今度の公演の観客は、もちだしで第三世代が南条まさきを助けて、今回の興行を盛りたてた。

南条まさきは、まだ人間ポンプ伝を出していないころ、その持久力によって私をおどろかせた。雑誌「現代風俗」の売れ残りを事務所に置けないので、私の書庫で預かったことがある。彼は自分でその残本の揃《そろ》いを売り、ある間隔で私の所に取りにきて、全部を売り切ってしまうまで続けた。

こういう持久力は、大学院生には普通見られない。大衆演芸の一座との結びつきを絶たないことも、おなじ持久力によるものだろう。

南条まさきの芸はどのくらいのものか。彼を助けて舞台を盛り上げたむらさき劇団にくらべると、プロにまでは至っていない。だが教授として歌や踊りがうまいというレベルを遥《はる》かに越えている。私に評価の力があるかという疑いをもたれる読者もあるだろうが、私は零歳代から、家に残って暴れないように、姉の踊りの稽《けい》古《こ》場につれてゆかれて、たいへんな番数の踊りを見ているから、ある程度の批評眼はある。

京都に学者は多い。明治以後の代表西田幾多郎、湯川秀樹のとなりに置いても、南条まさき（鵜飼正樹）は、自分の場所を占めると、ふと思った。

「むしろ人より一歩も二歩も遅れつつ、落ち穂拾いのごとく、人の見落としたものごとを発見する楽しみを忘れず……」と彼は自分の理想を書く。ここまで彼を育てた京都の学界はふところが深い。

（「京都新聞」二〇〇六年四月十七日）

もうろくと反戦運動

草加せんべい九条の会ができて、九条せんべいを送ってきました。このように、自分にできることは何かを、考えます。

私がさらにもうろくしてゆく途中にあることを感じます。南無阿弥陀仏と言えなくなったら、南無とだけ言えばいいときいたことがあり、戦争に反対し、平和を望むということがはっきり言えなくなったら、平和のほうに目を向けるというだけでも、したいと思っています。

私の目標は、平和をめざしてもうろくするということです。

もうろくすると、水戸黄門のテレビを見るようになるといいます。私は、そこまで達していませんが、しりあがり寿原作の「真夜中の弥次さん喜多さん」という映画を見に行きました。おなじ系列の「タイガー&ドラゴン」という連続テレビを見ました。これは、「明け烏」や「子はかすがい」など、江戸時代作の落語を、今、二〇〇五年の日本の風俗の中で、めちゃめちゃにくだいてつないで、再現したもので、現代男女のめまぐるしいやりとりの中に、もとの落語の筋がはっきりと現れてきます。

幕末日本に育った内村鑑三が、コスモポリタンというのは、熊さん八さんであって、世界どこに行っても、熊さん八さんはいると言ったのは名言です。江戸時代の鎖国された日本の内部には、この国家の外の気配を感じとる空気がありました。

幕末に土佐から漕ぎ出して仲間とともに難破した十四歳の漁師万次郎は、無人島に打ち上げられて、やがて米国船に助けられ、米国東部に連れて行かれ、英語と桶のつくりかたを学び、日本に戻ってくる計画を練りました。その計画の実行途上、グアムから命の恩人ホイットフィールド船長に送った手紙を、「ディーア・フレンド（親愛な友よ）」という呼びかけではじめました。どうしてこういうことがおこったか。

船長が自分の家のあるニューヘイヴンに万次郎をつれていったとき、船長は日曜日に万次郎を教会につれてゆきましたが、教会は有色人種を受け入れませんでした。船長はこの教会の会員であることをやめ、もうひとつの教会につれてゆき、そこでもことわられて、三つ目の教会でようやく受け入れられ、家族ぐるみその教会の会員になりました。

この思い出は、万次郎に、命の恩人といえども、その前に奴隷のようにひれ伏すことを船長はよろこばないことをしっかりと教えました。これは、日米安保のあるべき形です。

今、私たちの国が米国と結んでいる日米安保条約は、それとずいぶんちがいます。米国大統領が口をひらくと、日本の総理大臣はすぐさま結論を決めてイエス、イエスと言います。この安保条約は、江戸時代人で大学も出ていない万次郎とホイットフィールド船長とのあいだに結ばれた安全保障とは、かけはなれた性格のものです。

私は、自分のもうろくがすすむにつれて、敗戦直後でなく、明治維新でもなく、明治以前にまでさかのぼって、江戸時代の寓話の形に翻案して、人間の関係を、おとぎ話として、たとえ話として、考えてゆきたい。

八十三年生きてきて、私は人間をそれほど立派だとは思いません。それが私の宗教です。

特に、戦争という行動をたいしたものと思いこんで、理屈をつけることが、好きではありません。長い年月、戦争が正しいという理論をつくっては、自分にも他人にも信じこませてきたことを、他の生物と動物の中で、人間をきわだたせるみにくい特徴と思います。犬畜生などといいますが、そんなに簡単に言うことはできません。大学など出ている人間のほうが犬畜生だと、私は信じています。新聞記者なんていいますが、日本の名のある新聞が全部協力してひたかくしにしたノモンハン事件における日本陸軍の敗北は、日米戦争への道を開きました。

この特徴をぬぎすてることが私たち人間にできるでしょうか。日本人にできるでしょうか。平和憲法の草案を英語でつくった米国にできるでしょうか？

むずかしいことと思います。

しかし、むずかしいからと言って、またいろいろの理屈をつくって、戦争を立派なことのように飾りたてる、その道を歩きだすことはやめたい。私は、自分のもうろくを盾として、戦争に反対することを続けたい。

もうろくする私の見方で、戦争について話してきましたが、この見方は、ひとつの組織論です。日本の知識人は、日本敗戦後のアメリカによる占領憲法から説きおこしたり、明治憲法から説きおこしたりしますが、それより前の日本社会の民俗伝統に戻って考えたいです。

映画、テレビの大衆文化は、「真夜中の弥次さん喜多さん」や「タイガー&ドラゴン」シリーズのように、時代の循環を感じ取っています。三途の川をさかのぼると男女の区別をこえてセックスレスになるというギャグはすごい。

明治以来の戦争でなくなった人、なくなった人につながる不幸をもって生きた人びと、日本人によって殺された人、苦しめられた国外の人びとの亡霊がすべて参加する形をもつ反戦運動を私たちは用意したい。

そのためには、米国の大統領のように現在の米国を文明と思うそのせまさと浅さを越えたい。彼が文明と考えているその中に、人間のこれまでにそなえていた野蛮のスケールを越える野蛮があることを、しっかりと見きわめたい。及ばずとも、理想に向かって歩いてゆきたい。あるいは、沈んでゆきたい。

(「赤旗」二〇〇五年九月)

心に残る——『金石範作品集』第I巻

金石範の名を私に教えたのは田村義也だった。

田村はそのころ岩波書店の編集者で、かたわら、趣味として装丁を手がけていた。仕事ではないから、どのくらい時間がかかるかわからず、彼に装丁をたのんだ出版社は困っていた。その困りかたで、彼が打ち込みの深い人物であることがわかった。

金石範の『鴉の死』は田村の初期の装丁である。装丁を見て、田村がこの作家に打ち込んでいることが伝わってきた。これはどういう作品か。新しい日本文学か。

私は十年ほど大佛次郎賞（朝日新聞社）の選考委員をつとめた。同役に、最も若い委員として司馬遼太郎がいた。ほかの委員にはわれわれ二人より二十歳以上も年長の人たちがいて、私はともかく、司馬さんは敬老の習慣を守り、発言は控えめだった。あるとき、候補作品の選定の会で、これは賞に推すというのではないのですが、この機会にみなさんに読んでいただきたいと思うので、金石範の『火山島』をお送りする本の中に入れていただけませんか、と司馬さんが言った。

二カ月おいての賞の選考会で、意見がなかなかまとまらなかった。すると司馬さんは、お送りした『火山島』はどうですか、ほかの作品に意見が一致しなければ、これを受賞作品としては、と言った。その発言でこの作品は大佛賞に決まった。

また数カ月おいて、大佛賞授与式のとき、作者が現れて感想をのべた。新聞社からしらせがあったとき、たまたま自分は家にいたが、いたたまれなくなって、自転車に乗って外に出た。酒を飲んで帰り、自転車から落ちた。なぜ自分は朝鮮人ではなく、在日朝鮮人の仲間でもなく、日本人から先に認められるのだろう。このことが自分にとって傷となってうずいた。

彼の話は私に新しい認識をつくった。

済州島蜂起とその弾圧を描いた日本語のこの作品は、作者にとって日本文学であるのか。

子供のときから私は国語、国文学という言葉を習った。『火山島』は国文学の新しい作品だろうか。日本語で書かれた文学ではあるが、国文学として評価されるべきものではない。日本語文学ではあるが、明治ではじまる日本国の枠の中でつくられたものではない。日本語文学という新しい流れの中に現れた文学であろう。それはやがて在日日本人によっても担われてゆく様式ではないか。

（『金石範作品集』第I巻栞・平凡社・二〇〇五年九月）

『天皇の世紀』を読む

文字を読めるようになってから、大佛次郎の書くものを読み続け、角兵衛獅子の少年杉作の出てくる「鞍馬天狗」に『少年倶楽部』で出会ってから、八十年近く、大佛次郎と対している。全作品を読んだかというと『天皇の世紀』だけがまだで、生きているうちにこれを読みたいという望みが残っている。

読み通さなくてもよい。第一巻だけでもゆっくりと読み、二巻、三巻と、読めるだけ読めばいいと、今では志が低くなっているが、志だけはまだある。

『天皇の世紀』が朝日新聞に連載されていたころ、足立巻一（本居春庭伝『やちまた』の著者）は、毎日最初にこの連載を読むと言っていた。私は足立巻一に敬意をもっていたから、この人はそういうふうに一日をはじめるのかと、つよい印象をもった。

それでも、それを自分の日課にしようとは思わなかった。数年がすぎ、大佛次郎はなくなり、単行本となって『天皇の世紀』は、未完のまま私の書架に揃った。それからさらに数年。愛読者だった足立巻一はなくなり、今は私の死ぬときが近い。

本の読み方にはいろいろある。私は、五歳から、早読みを身につけて、十五歳くらいまで、その流儀だった。十五歳から遅読みに移り、慣用言語が日本語から英語にかわったので、双方ともそれまでのように早読みというわけにはゆかなくなる。十九歳の終わりまでは遅読みだった。二十歳からはまた日本語に戻ったが、もとのように早読みというわけにはゆかず、必要に応じて飛ばし読みになり、老齢に入ると、読む速度がどんどん落ちて、現在の行き方は、くりかえし読みである。

大佛次郎の著作についても、『天皇の世紀』だけが、かつてところどころ読んだ痕跡があるので、くりかえし読みになる。

書き手の大佛次郎自身が、これは自分の畢生の大作になると心を決めて、かつて小遣い稼ぎに『ポケット』に「鞍馬天狗」を書きはじめたときとは打ってかわった意気込みで、まず京都ホテルに泊まって京都御所まで行って明治天皇誕生の場を見ている。

中世からの夢がそこにはぐくまれており、その中から皇子が生まれた。皇子はまだ、自分が、日本に生まれただけでなく、日本を取りまく世界に生まれたことを知らない。

広さ二七七、〇〇〇坪。外の町の辻を吹く風は九門から奥に入りにくい。幕府の方針が神棚に上げて隔離しておくことで、この幾重にも囲まれた奥に中世の時間をそのまま残しておくようにすることだった。古事故実だけを守るのを生活としている公卿たちが天皇を囲んでいた。

近代の気流が僅かに入るようになったのは時世の急変に依って諸藩の志士が学習院（引用者注・公卿子弟の教育機関）に入るのを許された時あたりからで、それまでは幕府の京都所司代でも出入出来る場所を限られていて、取次の任にある公卿を間に立てなければ何の公用の話も出来なかったのである。殿上の間に近付くことなどは無論許されない。幾重にもある垣が、道を遮っていた。九重の奥とは、比喩だけのものではない。

嘉永五年九月二十二日、午の半刻に、男児が生まれた。後の明治天皇である。生母は典侍として仕えた中山慶子で、権大納言中山忠能の娘である。当時は、町人が公卿の住居を借りていることが多く、俳人碧梧桐が後に隣人田中某の聞き書きから書いた『遺芳余香』によると、中山家でも鶏や豚を屋敷内で飼っていた。

「鶏は兎も角、豚を飼いますのが妙なことと思召すかも知れませんが、御維新前後のことで、何でも豚は有利なもんやというような噂がパアと立って、誰彼とのう飼うたのでございます。中山さんのお内にも飼うてあったかと覚えております。畏れ多いことではありますが先帝様（原注・明治天皇）も御幼少の折は、鶏や豚の鳴き声をお耳近く聞かれたのでございます。」

皇子を御所で育てるという提案もあったそうだが、気位の高い女官のあいだで育てるよりも、母である中山の実家で育てるほうがよいと決まった。それは、この皇子の前の皇子も内親王も弱くて、早死にしたことを考えあわせた上での決断だった。

翌る年の嘉永六年（一八五三）には、米国艦隊をひきいてペリー提督が浦賀にきて、日本開国を迫った。

（「大佛次郎研究会会報」3号・二〇〇五年十一月十日）

自分の中に発見がなくなればそれで終わる

年少のころ、小泉八雲の『東西文学評論』（岩波文庫）を読んで、テニスンの自作について、この詩人に改作があり、改悪があることを知った。

それから何十年もたって、ロバート・グレイヴズの自選詩集が、老年に入って改悪され、やがてその死後に、他人の手によってよりよい選集ができたことを知った。グレイヴズは、私の好きな詩人なので、詩人自身による改悪の歴史は、情けない。

私は一九六〇年から、岸信介首相による安保条約強行採決に抗議して、誰でも入れるデモ「声なき声の会」に加わってきた。現在で四十五年になる。この会にもしばらく衰亡の時期があって、創立のときには一万人をこえたのだが、五年後には新年の会にわずか七人という年を迎えた。代表の小林トミは、いや、後で二人きたと主張するが、それにしても衰亡ではある。

このおなじ年の一九六五年、新年の会から三カ月後に、世話人の高畠通敏の提案で、おなじ「声なき声の会」からの呼びかけで、米国の北ベトナム爆撃に抗議するという一点にしぼって「べ平連」が起こり、新しく代表となった小田実の力で、運動はむくむくと大きくなった。内側から高田渡、坂本龍一など。

もとの「声なき声の会」は、毎月、東京の清水谷公園に集まり、「べ平連」の大旗の下に「声なき声」の小旗を立ててついていった。ベトナム戦争がベトナム人民の勝利に終わり、「べ平連」が九年間の活動を閉じた後も、これを起こした「声なき声の会」は、指導者小林トミの死の後も、続いている。

続いているのは、中心に高校教師である新人が現れたからでもある。

羽生康二というこの人には、羽生槇子という連れ合いがあり、その縁で、私は、夫人の編集する家庭詩集を送ってもらっている。それは、家庭菜園と東京の気象汚染にかかわるもので、二十年以上読んできた。

今年、「縫う」ことを主題とする自選詩集を送られて、この詩人がこれまで何冊も出してきた詩集に新しい輝きを添えたことにおどろいた。若いころから続けてきた

「縫う」ということにふれて、自分の生涯をふりかえった作品集である。この作者には会ったことがない。

「声なき声」、「べ平連」、「九条の会」は相似た性格を持つ大衆運動であり、それぞれが自分の暮らしに新しい転機を見つけることによって支えられる。

詩人以外の人も、詩人と同じ。市民運動は、担い手が自分の暮らしの中に新しい発見をもつことを通して続く。そうでないと続かない。

（「京都新聞」二〇〇五年八月十七日）

阿修羅と菩薩

自分の目的を達するために人とあらそう。というよりは、自分の中で、人とあらそいつづける。これが阿修羅である。

人とあらそわない。おだやかな気分で人に対する。これが菩薩である。

両方の型が、今までの歴史にあった。田中正造と良寛が心に浮かぶ。

田中正造（一八四一〜一九一三）は、父親が惣庄屋になって村から去ったので、若くして自分の村の庄屋になった。主家の若殿が嫁をもらって新しい御殿をつくるので、新しく工夫した税を取り立てるのに際して、田中正造は、これまでにそういう税の例はないと申し立てて反対し、牢に入れられた。まだ徳川幕府の時代に、村のために戦った彼は、明治に入ってからは足尾銅山の鉱害に苦しむ流域の村人のために、その生涯の終わりまでたたかって、無一物で死んだ。このような生涯を生きた人が、つねに自分を悪人と感じ、自分の内部の悪と戦うことを日記に書きつづけた。阿修羅とは、彼が内面に闘争する自分の姿の中に悪へのかたむきを、彼は見ていた。阿修羅とは、彼が内面に見る自分の姿だった。

それと対照になるのは、江戸時代の良寛（一七五八〜一八三一）で、彼はこどもを見れば一緒にまりをつき、晩年には、自分を慕う若い尼と同居し、お布施によって暮らし、人とあらそうことがない。菩薩のかたちに近い。阿修羅の側面は、彼にまつわる伝説にはのこっていない。

悪とたたかう姿の中には、阿修羅があり、たたかわず、自足する姿の中には菩薩がいる。

悪とたたかう、たとえそれが自分の中の悪とたたかうにしても、なにがしかの悪を自分の身につけることは避けられない。自分で自分に暴力を加える。そういう性格があらわれてくる。死ぬまでその道をつらぬくという人は、死ぬまで自己嫌悪から自由になることはない。同時に、他人からも嫌われることを避けられない。

田中正造は、死後、五十年埋もれた。五十年後にようやく、敗戦をこえて、林竹二と宇井純によって掘り起こされ、水俣病があらわれたとき、これに対してたたかう石牟礼道子たちの道しるべとなった。

対照的に、良寛は、馬鹿にされたり、なぐられたりすることはあったが、その伝説は消えず、日本の軍国主義時代にさえ伝説は残った。

どちらがいいということは、私には言えない。二つの道は、未来にのこっている。日本の現在を考えると、田中正造のかかげた公害とのたたかい、戦争への反対は、ふたたび埋もれてゆきそうであり、良寛は馬鹿にされながらも、日本のどこかに野の仏のように在りつづけるだろう。

（京都市美術館特別展図録「修羅と菩薩のあいだで——もうひとりの人間像」二〇〇五年十月）

神社について

近代国家に囲われてしまった国家神道よりもっと前の神道（氏神さま）が好きです。私の住んでいる近くに長谷八幡という神社があって、そこには専従の神官がいません。地元の人たちが、当番制で管理と掃除をして、お祭りの日には神官の服装になります。祝詞をあげる役は、近くの別の神社に頼んで、専門の神官にしてもらいます。

それでいて、このやしろは、千年のやしろなのです。古今集に詠まれています。すぐれた木、すぐれた花、すぐれた石は神、という考え方に共感をもちます。こういう考えに立って生きている人は、悪いこともするが、その人でも、死ねば神様、仏様という考え方に賛成です。

東条英機に戦争責任はあると私は思いますが、彼もまた、死ねば仏様と、私は思っています。しかし、生きていた東条英機の政治上の行動には今も賛成はしません。

小泉純一郎さんが、戦争犯罪人も神様、仏様と考えるのには、宗教上、私は賛成です。しかし、この国の総理大臣として、戦争犯罪人を祀る神社に参拝するのは、政治上よくない行動と思います。まちがった政治判断によって、中国人、フィリピン人、朝鮮人、台湾人、日本人、米国人その他多くを殺したことは、忘れたくない。総理大臣の地位にいるあいだは特に、忘れてほしくありません。

東条さんたちも神であり、仏だということはしばらく心の中において、小泉さんには靖国神社参拝は控えてほしい。自分の宗教信条を守りたいならば、総理大臣をやめて、靖国神社に毎日でも参拝されてはいかがですか。

私は長谷八幡に参拝します。東京に住んでいたころ、靖国神社に参拝したことはあります。


(「論座」朝日新聞・二〇〇六年二月)

負けにまわった鞍馬天狗

一度、大佛次郎さんに会いました。一九四三年、ジャワのジャカルタでした。海軍武官府に来られたときのことです。それから、私と同年配の小野里さんという軍属がジャワ全島を案内しました。どこでも、風景を眺めて、あと、ゆっくり酒を飲んでいたそうです。

表情は静かで、戦意高揚の話はされませんでした。これから日本が負けに向かい、ここに残る日本軍人の多くは死ぬことを悲しんでおられるように見えました。

それから大佛さんはマレー半島にまわり、マラッカ州知事だった一高の同級生、鶴見憲の官舎に泊めてもらって町を見ました。そのときの見聞が、戦後に書かれた『帰郷』に現れています。

海外にいてルーレットで大穴をあけ、仲間の責任を一身に引きうけて、その後異邦人として生きた元海軍士官がそこの町にひそんでいて、彼が身代わりになった結果海軍に残った友人たちが艦長としてつぎつぎに死んでゆくのを見ているという筋書きは、ここで作者の心に浮かんだのでしょう。

大佛次郎は一高の寮にいたころ、渋沢栄一が老後に及んで妾をかこっていることをきいて、同室の一高生数人で、不穏な計画をたてたそうです。渋沢が夜、家に帰ってくるのを待って、「万歳」と叫ぶ計画でした。どういう理由からか、それは実現しなかったようです。

大佛は大正から昭和の軍国主義の時代に入ると、渋沢財閥が他の財閥とちがって軍事産業に肩入れしないで、縮小してゆくことに好意を持つようになりました。それはまた、登場当時は、勤王の志士の別働隊として王政復古に打ち込んでいた鞍馬天狗こと倉田典膳が、新政府ができるとその応援一筋から身を引いて、民間の畜産事業などに肩入れするのに似ています。鞍馬天狗の視野は、昭和の軍国主義下に広く深くなってゆきました。

しかし、それにしても、一高東大で養われた趣味は失われず、同時代を駆けぬけた嵐寛寿郎主演の鞍馬天狗ものの映画は、楽しめなかったようです。一高東大ぎらいの私は、嵐寛寿郎とともにそれを残念に思います。影のごとく天狗に付き従う少年杉作は、学歴なしの流れ芸人ではありませんか。

東大生だったころ、大佛次郎は、論壇の潮流の中にあった吉野作造の講義をきき、その他の科目には熱心ではなく、むしろロマン・ロランの反戦平和の小説、戯曲、評論を読み、その中のいくつかを訳し、やがて演劇に自ら入り込み、女優と結婚します。所帯をもつと、稼ぐ必要が生じて、「ポケット」という娯楽雑誌の求めに応じて、まげものを書くようになります。それが「鞍馬天狗」で、書き始めには、それと吉野作造やロマン・ロランとは関係がありませんが、日本国が吉野作造から離れ、侵略への道をはっきりと進むようになると、評論では「土耳古《トルコ》人の手紙」、記録としては『ブーランジェ将軍の悲劇』を書き、現代小説に手を染めて「雪崩」を書き、軍国主義と対立しました。

鞍馬天狗もまた、自分の属する運動の中の腐敗に目を向けるようになります。もともと天狗は、能の中では、中国大陸から飛んできて鞍馬の山奥に住んだ外人であり、空から天下を見渡した体験が彼に大きい視野を与えました。

戦後に、吉野作造とロマン・ロランから受けついだ考えかたの流れは、小遣い稼ぎから始まった鞍馬天狗ものと合流して一つの流れとなります。鞍馬天狗は僕のこさえたものだから、僕が始末をつけると作者は語っていましたが、それは実現せず、むしろ、実録もの『天皇の世紀』の終わりに向かって、長岡藩家老河井継之助の終焉に描かれていると、私には読めます。

河井継之助は長岡城を、一度は官軍から奪い返しますが、また奪われ、もう一度奪い返すつもりで、陣形を見て歩くうちに左膝下に弾を受けます。部下がにわかづくりの担架に乗せて、かついでゆくと、門下生の外山修造を呼んで、

「血が沢山出たから顔の色は悪いかも知れぬが、生命には別状なかろう。然し足は役に立つまいてな」

また、

「人が聞いても傷は軽いと言っておけよ」

これが、賊軍にまわって敗れる河井継之助の最後を記す記録であり、『天皇の世紀』はここで終わります。

もし大佛次郎に余力があって、さらに鞍馬天狗を書く機会に恵まれたとしても、す

とでに大天狗として『パリ燃ゆ』の世界を見渡した経験から学んで、明治天皇制をことほぐばかりではなかったでしょう。

（「一冊の本〈特集天皇の世紀〉」朝日新聞・二〇〇六年二月）

私の好きな日本と日本人

原爆を落とされた日本が、私の中に残っている日本である。世界に先がけて原爆を二つ落とされた日本を、私は憎むことはできない。

私の調べたかぎり、二つの主題がある。

①戦争を終わらせるために、米国は原爆を必要としなかった。このことは、米国大統領にはわかっていた。高空からの何度もの戦略爆撃効果の視察で、日本がすでに連合艦隊を失っていることは写真によって知っていた。主な兵器工場が破壊され、兵器を生産する力を失っていることも知っていた。大統領直属の統合参謀本部長リーハイ元帥（当時は大将）は、原爆不要の判断を示した。にもかかわらず、トルーマン大統領は、原爆を日本に落とした。

原爆製造は、ナチス・ドイツが先に原爆製造に成功すれば、米国および連合国が不利になるという見通しからはじまった。今やナチス・ドイツは降伏し、原爆についてドイツに先行されるおそれはない。

②二つめの原爆を落とした理由は、当時、米国が原爆を二つもっていたからで、二つめの種類のちがう爆弾を試したかった。その動機は、人類史における科学の役割について考えさせる。科学は、『ろうそくの科学』の著者、十九世紀の英国人ファラディーの人柄から連想される、熟慮する力をもつ好人物とはちがう。不必要な殺害を人間に対してもくろむ邪悪な秀才と考えるほうがいい。彼らに対する防御を人間はこれからはじめて、間に合うだろうか。人間の文明に対して人間の文化を守ることができるのか。

二つの原子爆弾を落とされた日本は私の愛する日本である。

その日本は、アメリカ合衆国の属州となった今日の日本国ではない。はるか遠く、『風土記』と『風土記逸文』を育てた日本であり、その中で「くに」とみずからを呼んでいた日本である。

そこにあらわれている浦島太郎は、私の好きな日本人である。

そういう日本人は、この島々に何人かいた。近代国家成立以前ならば、万次郎はそういう人であり、彼はホイットフィールド船長に無人島から救い出され、ニューヘイヴンの学校に通って学問を身につけ、船長に敬意をもたれた。日本に戻ろうとして、この命の恩人にむかって、地にひれふして服従を誓うことなく、「友よ」と呼びかけ、お互いの対等性がこの恩人をよろこばせることを知っていた。二〇〇六年現在の日本国（これが独立国かどうかはうたがわしい）の首相、防衛庁長官、外務大臣が喜色満面で米国大統領、国務長官たちに対しているのとはまったくちがう日米安保条約が、かつてホイットフィールド船長と万次郎とのあいだに成立していたことがわかる。

この島々に住む一億二千万の人の中に、浦島太郎や万次郎のようなまっとうな日本人は、ひとりもいないのか。

私の知るかぎり、まっとうな日本人は現在、二人いる。

オウム真理教サリン事件のとき、謀略のうたがいをかけられた河野義行は、そういう人だと私には思える。オウム教団によるサリンばらまきの被害にあって、自分の妻は植物状態になった。その妻をかかえながら、政府が破防法の復活適用をほのめかすと、彼は反対を表明した。

もうひとり、中村哲を思い浮かべる。ハンセン病患者の治療のため、仲間とともに中東におもむく。そこにイラク動乱がおこり、米国が軍事行動をおこし、日本国はそれに賛成を表明して、自衛隊を現地に送った。

日本の国会が中村哲を証人として呼び出し、イラクについて事情をきいた。イラクへの自衛隊の派遣をどう思うかとたずねられると、中村は、無益と答えた。国会議員は中村哲に対して、この言葉は撤回していただきたいと言った。

そのあと、私は中村哲に会う機会があった。彼は、現地でハンセン病治療も続けているが、もっと根本的な現地での必要は水だということがわかって、運河をつくる仕事を進めているという。


『風土記』に戻ろう。原爆に打たれた日本、原爆を落とした米国をふくめて、もはや国家を批判する拠《よ》り所のない国家制度をそのまま続けることは許されない。世界をいくつもの区役所の系統として、「くにぐに」の中の土地を重んじることが必要だ。そのとき日本という「くに」の大切な土地は、オキナワ、ヒロシマ、ナガサキ、そこに住む人びと、かつて住んだ人びと、である。

私たちは、二千年の長さで現在をとらえる必要がある。人類を、その誕生から滅亡に向かう長さでとらえる必要がある。

（「文藝春秋」臨時増刊号「私が愛する日本」二〇〇六年八月）

現代日本の『風土記』

――赤川次郎『真珠色のコーヒーカップ』

杉原爽香は三十三歳になった。爽香とともに、彼女をめぐる社会もまた、年をとってゆく。爽香の友人で年長の映画スターは七十五歳になって、今も元気である。主人公と再会すると元気になる成長小説は、ほかにもあるかもしれないが、ヒロインをめぐる人びとが、ともに成長してゆく成長小説はめずらしい。

私は、第一作『幽霊列車』から、赤川次郎の作品の数よりも多く、その作品を読んでいる。もう一度、おなじ小説を読みたくて読んでいる場合もあり、うっかり忘れておなじ作品を読んでいる場合もある。赤川さんが三百冊書いたとして、私は四百冊読んでいる。

どうして、彼の作品を、初登場以来、読み続けているのか。私の同時代の日本に失望しているからである。

しかし、世界に先んじて原爆を二発落とされた日本を憎むことはできない。

それにしても、原爆を二発落とされて、日本よりも強いとわかってから、アメリカに従い、今はそのアメリカにいだかれて、いばって国民にむかって命令などしている。この私の国の中に暮らして、私は国民のひとりとして、自分の国に眼をそむけたくなる。

いったいどこにのがれたらいいのか。

古典として言えば、日本に残っている『風土記《ふどき》』と『風土記逸文《いつぶん》』である。

そこに書き残されている浦島太郎は、すばらしい人である。動物虐待《ぎゃくたい》を見ていられなくて、お金をやって亀を救ってやり、やがて亀の親がお礼に来て、太郎を海の中の国につれてゆく。この外国でも、太郎は乱暴をはたらいたこともなく、しかし故郷が恋しくなって、また亀に乗って帰ってくる。

故郷に戻ると、外国では別の時間がたっているらしく、昔の知り合いはほとんどおらず、淋《さび》しくなった太郎は、あけるなと言われていたおみやげの箱をあけると、煙がもくもくとたって、たちまち白髪のおじいさんとなり、老いが彼のなぐさめとなる。

こういう立派な人と肩を並べられる人は、今ここに住む一億二千万人の中に、いるだろうか。

ほんとうにわずかの人を、私は思い浮かべることができるばかりである。赤川次郎の作品の中に、私はそういう人たちと出会う期待を持ち、その期待は常に満たされてきた。赤川次郎の作品は、特に杉原爽香の活躍する成長小説は、私にとって現代日本の『風土記』である。

(『真珠色のコーヒーカップ』赤川次郎著解説・光文社・二〇〇六年九月)

ただ一作と言えば

自分の一生涯をつかまれたという著作にめぐりあってはいない。強いて言えば、アレクサンドル・デュマ作・黒岩涙香翻案の『巌窟王』だ。小学生のころ、まだ文庫本に入っていた黒岩涙香の翻案ものにはまってしまい、『幽霊塔』、『鉄仮面』など、つぎつぎに読みふけった。そして行き当たったのが、『巌窟王』だった。

今日までに七十年くりかえし読んで、あきない。百遍以上読んであきない。カントの『純粋理性批判』は二度読んで、すぐれた本だと思う。スピノザの『倫理学』。これもしっかり二度読んで、すぐれた本と思う。プラトンの『共和国』、アリストテレスの『ニコマカス倫理学』、いずれも、すぐれた著作と思う。だが、何度もくりかえし読んだ本ではない。

なぜ『巌窟王』を読むのか？

今、八十四歳になって、あざやかに残っているのは、少年団友太郎《だんともたろう》が地下牢に閉じこめられて、ひとり暮らし、やがて、他の一人と通信ができた。そのもうひとりの独房にむけて地下道を掘り抜くことができた。この新しい友、梁谷法師《はりやほうし》と共に脱出する計画をたてたが、相手が突然に卒中（らしきもの）におそわれる。ここで、共に脱出する計画を惜しげもなく投げ捨て、これまで長い時間をかけて掘り抜いた地下道を、看守に見とがめられないように埋めてしまうところ。ここから師弟のきずなが生まれる。

こういう地下道を掘り抜く情熱を、人生において私ももちたい。もつことができるか。そのあこがれだった。

一九二二年生まれの私は、そのように一心に打ちこむ目標をもたなかった。一九二八年、張作霖爆殺の号外が投げこまれて、まだ学齢前だったが、まわりの者が、日本人がやったとうわさしているので、「日本人」というのはおそろしいものだと思った。やがて小学校に行ってからも、弱い者いじめをする日本人という感じはかわらず、日本国に対する忠誠心は育たなかった。しかし、忠誠心を求める気分はあり、それゆえに、孤独の少年が、師を求める努力が、『巌窟王』を通して私をとらえた。

田原総一朗が「週刊読書人」に引用している、三人の自民党衆議院議員山谷えり子、稲田朋美、岡崎久彦の座談会「東京裁判の真実を問う」から、まごびき。

「東京裁判に出た人で裁判の理由づけを正当と認めたのは一人もいない。」「みんな裁判の間、あざ笑っていたんですよ。」（岡崎久彦）

「茶番だったということです。」「『東京裁判』って略すから悪いので、極東軍事裁判を『東京茶番』とでも訳すとか（笑）。サンフランシスコ平和条約で東京茶番を受諾したけれども、あれは茶番だったといってしまえばいい。裁判という名には全く値しないと思いますね。」（稲田朋美）

張作霖爆殺以来、中国人を殺してきた日本人のしわざは、ここに茶番として消された。まず国会議員にとって、大臣にとって、やがて国民にとって。

巌窟王は、恩師の死後、地下牢の坑道をひとりで掘り抜くことができた。だがそれは、涙香のおはなしであり、一九二八年当時に私の感じた地下牢は、現在の日本の地下牢につづいている。

（「小説現代〈特集・私の心の一冊〉」講談社・二〇〇六年十一月）

歌学と政治

日本は、中国のとなりにいるので、使っている言語について、それほど古いとも思っていない。だが、ヨーロッパにくらべると、そこで使われている言語より、ずっと古い言語をもっている。

イギリスの言葉は、『ベーオウルフ』やチョーサーの作品から今日までつづいている。フランスの言語も、『ローランの歌』このかた、ひとつの言語と文学の歴史をつくっている。

それらにくらべると、『万葉集』と『風土記』は、もっと古くから今日までつづいている文学のもとである。両方とも、今日の日本人が、きいてわかり、読んでわかる。

ヨーロッパの文学史では、イギリスとフランスにはながいひとつづきの発展があるが、それ以外のところでは、英語とフランス語ほどのつづきかたをしていない。

私は、このごろ、イラク戦争でアメリカにつくようにという大臣の演説をテレビでうけとっていて、ここには、『万葉集』以来の歌心《うたごころ》がないと感じる。みんな大学を出ているので、法の解釈をふくめて、大学でならった法学、社会科学がここでの答弁を裏打ちする。だが、それは、明治の近代国家成立以来の、学校制度による裏打ちであって、二千年来の日本の歌心に裏打ちされたものではない。欧米の十六世紀以来の社会学科の学習にもとづく科学であって、歌学ではない。

そのことが、イラク戦争でのアメリカ合衆国の先制攻撃を支持する決断と、それにもとづく日本の法律整備の説明によくあらわれている。日本の不戦憲法とアメリカの戦争追随に矛盾がないという説明など、ここは、さすが大学出身だなあと感じさせる。だがここには、生きとし生けるものの叫びを自分の心に感じることをもとにした歌学はない。

どうして殺すのかという答えは、科学の学習にもとづくものであって、歌心から発してはいない。

明治国家がつくられる前の、明治国家をつくった人びとには、歌心があり、そこから、国をつくる方向があった。高杉晋作・坂本龍馬、もっとさかのぼって吉田松陰、この人びとの政治思想は、今の国会での大臣の政策説明とはちがったものである。

殺されたくない。殺したくない。この言葉は紀貫之が千年以上前の『古今集』の序文で述べた歌学に通じる。その歌学を、大学で学習した借りものの法学、社会科学を心の中におさめることをとおして、現代の日本の政治は、日本の伝統から離れた。

明治以前のながく戦争のなかった日本の時代から離れ、その時代を欧米の近現代とくらべておくれたものと見ることになれてきた。しかし、明治以前は、おくれたものだろうか。

アメリカ合衆国は、近代日本とおなじく新しい大国である。この国をみずからアメリカと呼ぶのは、言いまちがいであり、米国人が自分たちだけをアメリカ人と呼ぶとき、中米、南米、カナダ人から自分たちもアメリカ人なのにという不満がきこえる。現在の米国にヨーロッパの移民がきて「アメリカ」を名のったとき、すでにそこには先住民がいて、その人たちとは現在の日本人とおなじアジアから旅してここについた。彼らは、私たちとよく似た身体《からだ》・習慣と歌心をもっている。彼らののこす話には、「今日は死ぬのによい日」というような、自分の死を見つめる境地をうたったものがある。しかし、今の米国国民には、この先住民の文化をうけつぐ姿勢は見られない。私たちは、千数百年をこえる日本語の連続性と、この日本語にもとづく歌心に自信をもっていい。

（『中学校国語教育相談室No37』光村図書・二〇〇六年）

『平和人物大事典』刊行の言葉

現代は煮つまってきている。前に数百人の仲間で『「現代日本」朝日人物事典』をつくったとき、その人の戦争中にいた場所をきいて、書き入れることを心がけたが、十六年後の今は、この前の日本の仕掛けた戦争について体験を持つ人が少なく、おなじ方法をとることはできない。

平和については、敗戦にさかのぼって考えることでは足りない。明治はじめにさかのぼって考えることでも足りない。明治より前にさかのぼって考えることが必要である。

孤島に流れついた漂流者万次郎が、捕鯨船の船長ホイットフィールドに身振りでしらせた言葉。腹がへっている、という意味。そこから出直さなくては、と思う。

明治以前の言葉は、横井小楠にしても、安藤昌益《しょうえき》にしても、現代の日常の言葉に近い。そのころの子供や母親の使っていた言葉——これに加えて、腹がへるという現実が、今の世界にとって平和運動の基礎である。

明治から、日本は、欧米の学術用語から言葉を借りて、思想を語るようになった。残念ながらその習慣に平和運動が影響された。

その習慣を借りて、知識人は平和について語るようになり、それが今日まで続いている。こうして戦争は人殺しであるという事実を隠すようになった。

兄「戦争ごっこをやろう」
弟「うん、やろう」
兄「戦争はこわいぞ」
弟「なぜ」
兄「敵に殺される」
弟「じゃ、ぼくは敵になろう」

これは、戦時下に、秋田実が集めていた漫才のネタの一部である。

ここから出発しようとしていた漫才師のネタモトが戦時にもいたが、その志は実らなかった。

その志を、九十年おくれて、日本文化に実らせたい。そのためには、平和運動の基礎を、欧米——今は米国——にゆだねることをやめ、日本人の日常の言葉から出直したい。その目的のために、『平和人物大事典』も、明治より早いところからはじめたい。

別に、戦時の自分の体験からはじめなくても、戦争は、見知らぬ人に命令され、見知らぬ人を殺すことである——そのことを学術用語に隠さず見極めることができるはずだ。

あくまでもこの事典はその新しい言葉づかいの入り口をつくることをめざす。

戦中に政府の出版した小冊子に、「戦争は文明の母」とあった。よくぞ言ったと思う。そうだとすれば、私たちは文明とまっすぐ向き合わなくてはならない。文明のエスカレーターに身をゆだねていては、ふたたび、三たび、戦争に突き入ることを避けられない。


（『平和人物大事典』日本図書センター・二〇〇六年六月）

ムダな努力

小学生のころ、学校の勉強をさけるために、神田の古本屋を道草して歩いた。寛政以来の相撲の番付をあつめた本と、日本はじまって以来の野球公開戦のスコアブックをのせた大冊を手にいれて読んだ。どうしてこんな本がおもしろかったのか、わからない。何の役にもたたないところが魅力だった。

満二十歳で徴兵検査を受け合格。陸軍より海軍のほうが文明的な感じがして、ドイツ語通訳として海軍軍属となり、バタビア在勤海軍武官府につとめた。海軍の中で、日本国は必ず負けることを信じ、日本国の戦争目的は、正義において敵に劣ることを信じていた。

武官府の中で、おそらくただひとりだった。私の任務は、大本営発表とかかわりなく、敵国の短波放送をきいて、それを毎日小さい新聞に書いて、ひとりで発行することだった。こんなことをしても、今さら戦争をとめる役にたたないことはわかっていた。

そのムダは、六十五年後の今、私の姿勢をつくる。戦争中、軍隊にいて、おそろしかった。今、戦争の方向に日本の政治が動いている中に、反対の側にたつ。ムダかもしれない。だが、戦争に反対の姿勢を保つことを当然と思う。

（「婦人之友」二〇〇七年一月）

昭和天皇をおくって

百歳を越えている人の手記を読む機会があった。その人は海軍兵学校出身。敗戦をむかえたとき、天皇が戦争犯罪の法廷に引き出されることに反対だった。しかし、道義的責任はあると思ったという。

私の感じ方は、この人とおなじだ。

戦争が中国領土で始まって以来、天皇の下に、国民は戦争をすすめて、敗戦に至った。この戦争に、天皇は、道徳的責任がある。

これを表現する機会を、昭和天皇は、生かすことなく終わった。

高い位置に登った人は、おりぎわが大切だ。それがむずかしい。

昭和天皇にあたえられた帝王学には、降《お》り方は組みこまれていなかった。

敗戦のとき、人間として、むずかしいところに、昭和天皇は立たされた。

自分個人としては、天皇の位置からおりる覚悟はあった。そのことをすすめる側近にことかかなかった。

しかし、天皇は退位しなかった。

その理由は、おそらく、米国との関係にあった。

マッカーサーは、その父親（陸軍中将）の代から、日本の軍人に対して敬意を持っており、天皇に対する日本軍人の忠誠に敬意を持っていた。戦争の勝利者となってからも、その敬意を侮蔑にかえることはなかった。

米国本国の日本統治の方針をつくるのに、戦前の駐日米国大使グルーなどの意見が入っており、軍国主義と一体化しない重臣層と財界人とのつきあいが影を落としており、天皇制廃止を求めなかった。

マッカーサーが占領初期、最もよくその助言をきいたカナダの外交官ハーバート・ノーマンは、日本史にくわしく、日本史に先例を持つ流罪という考えをもっていた。戦争犯罪裁判にかけて断罪するという選択肢は、ノーマンにはなかった。

昭和天皇には、米国の自分に対する思いやりへの感謝があり、それが、退位への決心の抑止力になった。

私見を言えば、皇太子への譲位が望ましかった。それは、もし昭和天皇にその父親大正天皇ほどの奇抜さがあれば、あるいは押し切れたかもしれない。しかし、彼はしきたりを重んじる人だった。

新しい天皇は、すでに、昭和天皇とは別の帝王学にふれていて、やめどきをふくめて、新しい未来像を、国民に提示できたかもしれない。

日本が戦争に踏み切ったこと、アジアとその他の海外諸国民に与えた不幸への責任を、しっかりと心に置く戦後への道をひらいたかもしれない。その機会は失われて、あの長い無謀な戦争への責任を認識することのない、むしろそれを復元する長い戦後の日本へ、私たちは踏み入った。

私の中には、明治天皇の努力への敬意、奇抜な大正天皇へのなつかしさ、脱出路を見いだせなかった昭和天皇へのもどかしさがある。

(『週刊朝日が報じた昭和の大事件』朝日新聞社・二〇〇七年三月三日)

哲学の母──川上弘美『パレード』

こどものころは、自分があらわれてくるのに手一杯で、となりのこどものことがよく見えない。でも、となりのこどものことが、こども特有の形で見えてもいる。

それがあるとき、薄れてゆく。

これは、その話である。

この本の作者は、大きくなっても、こどものころの同時代から、この形を見ている。

大都市の建物の隅に、ここにはこわい人がいるから、長居をしないほうがいい、というジプシーのサインが書きこんであって、それが、迷いこんだ仲間への立て札になっている、とヨーロッパの都市建築の学者の講演で、きいた。そういう立て札として、「パレード」を、東京のビルディングに、書きつけられた記号として読むこともできる。

あるいは、「唯一者《ゆいいつしゃ》とその所有」の著者スティルナーが死んだとき、スティルナーの研究者が、その伝記を書こうと思って、別れたスティルナー夫人のところに行くと、どうしてあんなつまらない人のことを書くんですか、書くならヘーゲルのような偉い人のことを書きなさい、と元夫人は忠告したそうだ。

「パレード」の作者がスティルナー夫人だったら、どう答えただろう。

「パレード」の作者は、自分の自我がどのようにできたのか、その自我のできる音は、きいていないが、ほかのこどもの、自我のできる音は、きこえていたようだ。それぞれのこどもには守護神がいて、小学校は、いわば鎮守の森のようにみんなが遊ぶ場所であり、行き帰りには、（他の子の）守護神のつぶやきまできこえる。あるものは天狗《てんぐ》のように赤い。別れるときに、天狗にまであいさつして立ち去るこどももいる。

たのしいそのころの暮らしを、作者は、今も記憶の中から呼びだすことができる。

むかしには、このことがあった。

これからも、そのことがある。

これは国語ではない。

日本語ではあるが、国語ではない。

存在のしきいの下をくぐりぬけて、存在しないものと話のできる言語である。

存在しないものが、自分に寄りそって、生きていた。今も生きている。そのことを感じる手がかりが、この本である。

地球は、今は何百もの国家に分割されていて、人間はそれぞれ国民として生きている。しかし、国民となる前のこどもは、今も存在しない分身と手をつなぎ、国語でない言語をあやつって考え、正しいも、誤りもなく、イガイガというさわぎに耳をすませ、あたらしくうまれるものを、自分の中に取り入れる。

この本を手にすると、それができないことはない。

自分はどのようにして自分になったか、さかのぼりようもない自分の歴史が、ここに物語られている。

はじめに言葉があった、と聖書にはある。その考え方をそのまま受け入れない流れが、ここにはある。さまざまの色と形、音と動きが、あとさきがきまっているものでもなく、放り出されている。

私が米国の大学で教わったように、プラトンが二千年を越えて正統の座を占め、老子を置き去りにするという西洋流の哲学史は、ここにはない。

プラトンその人が、その母からどのようにあらわれたのか。分類学の父アリストテレスの母、息子の不道徳に泣いたアウグスティヌスの母、デカルトの母、カントの母、ショーペンハウエルの母（これは割にわかっている）、西洋哲学者―母親という列伝から、別の西洋哲学史が見える。

いま仮に、私を哲学者と呼ぶとすれば、私の母は、見えてくる。情けないような姿をして、昔の（私を育てたころの）たけだけしさをなくして、今も私についてくる。この人をつれて、クワインに会ったとしたらどうだったろう？

「意味というものを一冊の字引きからたぐりよせるのはあぶないことなんです。あなたは（と私の母に向かって）、ひとつの字引きで、おさない息子をなぐりました」

母は、言い返さない。

チョムスキーに会いにいったとしたらどうだろう。

「誰でも、はじめは底にある星雲のようなふわふわしたところから考えは出てくるのです。あなた（と私の母に向かって）が言うように、善と悪とにきっちり分かれている形で、もとからあるのでもない。あなたは、そのように決めつけて、こどもを育てたのですが」

これにも、私の母は、情けないような表情で、黙って対している。しかし、決して、自分がまちがっていたとは言わない。

それでも、小さい母の亡霊は、どこまでも私についてくる。

クワインとの架空対話、チョムスキーとの架空対話、そういう立ち合いの場を、私の中から呼びさます力を、この小さい本は、もっている。

これは、おもしろい本である。むずかしい本である。この本から、この解説をひきだすのだから、私は無茶な哲学者である。

二〇〇七年八月

（『パレード』川上弘美著解説・新潮文庫・二〇〇七年十月）

ユーモアの役割——ジョン・エイ『法律家たちのユーモア』

悪人の立場から見るのが、法学というものだ。

これは学生のころ、私が読んだ最高裁判事オリヴァー・ウェンデル・ホウムズが、法学校教授だったときの言葉である。

これを私はハーヴァード大学の学生だったころに読んだ。

その後、戦中の日本にもどってから、ホウムズのような大きな視野をもって、法律を見る人に出会うことはなかった。

ホウムズは、九十二歳まで米国最高裁判事を務めて引退し、さらに九十四歳まで生きて、自分の意見を発表しつづけた。その書簡集を読むと、晩年になってイギリス人のユーモア作家P・G・ウッドハウスの『スミス氏におまかせ』(P.G. Wodehouse,

Leave It to Psmith）を愛読して、感想をイギリス人の政治学者ハロルド・ラスキとかわしているところにあたる。こんなところは、日本の裁判官では行きあたったことがない。そのことを日本の裁判官の欠陥と思う。ホウムズは、ユーモアをそなえた裁判官だった。

それは、ホウムズが大学卒業を待たず、南北戦争をくぐった経験からそだった。黒人解放の目標を見失いはしないが、戦争の悪を見すえた二十代を彼は忘れはしなかった。

小野誠之氏の訳された『法律家たちのユーモア』は、私が十代から親しんできたオリヴァー・ウェンデル・ホウムズの文章を思わせる。抽象的な正義の原理と裁判官そのものが一体化することがない。そういうゆとりをもった人の見方が、法律家のあいだにあると感じる。

この本を面白いと感じるのは、学生のころにホウムズに出会ったこと、そのすぐあとに私自身が戦争をくぐったこと、この二つによる。

この本は、イギリスの法廷でかわされたユーモアをたどっている。これは、二十一世紀の日本から見ると、古めかしくも感じられるが、日本でもやがて陪審制度が法廷に導きいれられると、かえって未来的に感じられるようになるかもしれない。日本語の一〇〇〇年の味わいが、近代日本の法廷に、かえってこのようにしてかもされるようになるかもしれない。

江戸時代の「浮世風呂《うきよぶろ》」「浮世床《うきよどこ》」のユーモアが、江戸時代の白州《しらす》にしみとおる例を読んだことはないが、法廷外の社会のユーモアが日本の法廷にとびだす例に、私たちはこれから出会う日をもつのかもしれない。

そう思って、この本を読むと、たとえば五十八ページ、法服を着用するエレンバロー卿が、仕事服の職人をしかりつける場面で、職人はおそれいらずに、「私は閣下と寸分違《たが》わず正装しております」と言い返す。史実ではあったのだろうが、イギリスの民主主義の根をあらわしている。

またあるとき、八十七ページで反対尋問に立った弁護士が証人に対して、君はいかなる意味でジャーナリストか、と高飛車に問いかけると、証人は、

「ひとさまの例をひいてお答えしたい」

と言い、

「好きなように答えなさい」

という許しを得て、

「私の業界での名声は、あなたの業界での名声よりはるかに高いものと考えています」

これをきいて陪審から笑いがおこった。裁判官は、

「ブリーフ君（弁護士の名）、それが君の質問したところだ」

と述べ、陪審員たちの笑いはさらに高くなった。

日本で、世界ペン大会が開かれたことがある。新聞記者は、カート・ヴォネガットそのほかの有名な作家のまわりに集まって質問ぜめにしていたが、それぞれが自費で日本のこの集会に旅してきた人たちの中に、面白い意見の人がいた。

その一人は、イギリスの治安判事だと言い、戦争裁判についての自分の本についてはなしてくれたので、あとでその本を取り寄せてみると、第一次世界大戦について、前線勤務交替にきまりがなく、長いあいだ前線にたたされたために前線逃亡罪で死刑になった例を、慎重に分析している著作であることを知った。

普通の人の判断が法廷でも聞かれるようになることは、法律家の質をかえると、そのとき感じた。

権力の側が、正義の原理と一体化するものとして、法廷にあらわれることをどのようにさけることができるか。それが、民主主義社会における法のあらわれ方だろう。ともに、正義を求める場として、法廷がはたらくために、ユーモアは、すてられることはない。

（『法律家たちのユーモア』ジョン・エイ著／小野誠之訳解説・潮出版社・二〇〇七年六月）

重い事実からの出発――「九条の会」呼びかけ人による憲法ゼミナール

A　こういうことがあった。
B　こういうことがいい。
この二つの考えは、ちがう。論理学はそう教える。
しかし、人間の歴史では、おそらく生物の歴史でも、AからBが出てきている。
私の歴史でも、そういうふうにことがおこった。
憲法九条についてのゼミナールで、このことから入りたい。

私が五歳でまだ小学校に行っていないころ、家に号外が投げ込まれた。写真入りで、大元帥が殺されたという。日本のではない、隣の国のだ。私の家は政治家の家なので、家人が、日本人が殺したのだという。

列車に乗って麻雀をして楽しませておいて、爆弾で殺したという。

私には、「日本人」という概念がまだない。悪いことをする人だと思った。

そのつぎの年には小学校に行くようになった。小学校では、教育勅語というものがあって、五、六年生になると、そらで言えるようになり、自分が日本人だということはわかった。

しかし、日本人である自分が、日本人の国のことを悪く言ってはいけないということはわからなかった。八十六歳になった今でもわからない。

それぞれの国家に世界はわかれており、その国家に属した人、生まれついた人は、自分の国家のことを悪く言わないようにしなくてはならなくて、いざ戦争ということになれば、自分の国家の指導者の言うとおり、命をかけて戦い、相手の国家の人を殺すというのが、私には、賛成することができなかった。

小学校二年生のときに家族につれられて中国に行った。先年張作霖が殺された。その息子、張学良の配下の軍隊が、私たちの乗っている自動車を、銃剣をもって取りまいた。私はこの時は、自分が日本人だということを知っていたから、父を殺した日本人を取りまいて、息子の軍隊が敵意をもってにらんでいるのを、あたりまえだと思った。

時がたち、私は二十歳を迎え、海軍のドイツ語通訳になった。日本海軍の軍属である。ジャワに送られ、仕事は、深夜、短波放送で海外ニュースをきくことだった。私の部屋には誰も入れないことになっていた。ドイツ放送もきいたが、インド、重慶、イギリス、オーストラリア、アメリカ合衆国などの放送をきいていた。海軍が大本営発表を信じて動くと、撃沈したときいた敵の軍艦が水平線上にあらわれるので、敵の読む新聞とおなじ新聞を毎日つくってくれというのが、司令官の命令だった。

朝になると海軍武官府に出勤して、前夜のメモをもとに毎日、自分ひとりで新聞をつくった。私は今とおなじく悪筆なので、左右に筆生（タイピスト）がついて、書くそばから新聞につくっていった。こうして毎日働くうちに、一つ事件が起こった。

インド洋でオーストラリアの貨物船を、第二十水雷戦隊がつかまえて、乗船者を私のいるジャワにつれてきた。その中に、ポルトガル領ゴアの黒人がいて、彼は病気だった。

海軍司令部からの命令が、私の隣の官舎の軍属にくだった。殺せという。薬を渡され、墓地に行くと、墓穴が掘られていた。生きている彼にピストルを撃ちこみ、まだ生きているまま、葬った。

もし彼にではなく、私に命令がくだったとしたら、私はどうしただろう。果たして私はことわっただろうか。これはあきらかに国際法違反である。日本国家がかかげている戦争目的にも反する。

私はこの事実をきき、戦後訴えなかった。東京裁判の最中であれば、実行した彼は絞首刑になったであろう。

私はそうしなかった。それは東京裁判そのものが勝者のさばきとして欠落を示していると考えたからだ。

しかし、その事実をきいて、事後とはいえ、そのまま見送った私には、この事実は重くのしかかっている。

「九条の会」結成に際して、私はこの事実を明らかにしたい。

私は道徳上の欠陥なく「大東亜戦争」をくぐりぬけたものではない。

（「クレスコ」二〇〇八年十二月）

朝鮮を忘れる日本――「九条の会」呼びかけ人による憲法ゼミナール

「戦後」という言葉をテレビなどできくとき、その戦後は、朝鮮戦争以後の経済復興したあとの戦後日本を指している。敗戦直後の鉄道の駅などで、立ちあがる気力がなくて、しゃがんでいる、敗戦直後の日本のことは、その「戦後」の中に入っていない。

それが入っている人も、日本人の中にはいる。岩永章は、そういう人で、この人は出張先の広島で原爆に打たれた。生き残った仲間四人で、家のある長崎に向かい、ついてすぐ、ふたたび原爆に打たれた。

「もてあそばれたような気がする」

と、今、岩永さんが語っているのを、『二重被爆』というDVDできいた。彼のこの感想は、私が調べたかぎりでの第二次世界大戦史に合っている。一九四五年八月六日から九日のころ、日本には連合艦隊はなく、兵器を補充する工場もなかった。そのことは、爆撃効果を確かめるために繰りかえされた高度航空写真の撮影でわかっていた。

にもかかわらず、なぜ、米国大統領は、この日本に原子爆弾を二つ落としたのか。米国軍兵士の生命を救うためと、トルーマン大統領は言い、その後六十五年、米国政府は、この考えをひっこめない。

真実は、原子爆弾を落とさなくとも、日本国はつぶれたであろう。

ことに二つめについては、最初の原子爆弾とは組み合わせがちがっていて、その効果を試してみたかったから落とした。スティーヴンソンに『ジキル博士とハイド氏』という小説があるが、これはまさに科学者ジキル博士の内に潜むハイド氏のしたことである。

古代ギリシアの医学者ヒッポクラテスは、科学知識の悪用を禁じるヒッポクラテスの誓いを弟子にすすめた。そのときには、たとえば患者が金持ちであっても、毒薬を用いて彼を殺してその財産を奪ってはならないというふうな例を考えたのだろうが、この原子爆弾の場合、一人（あるいは数百人）の科学者が科学知識を用いて、見ず知らずの十万人の市民を殺した例である。

その動機は、ソ連に対する武力の誇示だとも考えられるが、もっと重要なのは、これだけたくさんの金を使ったのだから、元を取りたいという議会に対する通りの良さであろう。

米国はいつか原爆投下の真実を、米国国民に対して、また世界に対して、あきらかにするだろうか？

それは、米国大統領が「われわれアメリカ人は」と演説するときに、この「アメリカ人」というのは僭称であることをみずから悟るときと私は推定する。アメリカというとき、米国だけでなく、カナダも、メキシコも、ブラジルも、チリも、アルゼンチンも、もっと多くの国々も含まれる。このことを自覚する大統領があらわれるとき、それは人間の歴史が終わるまで、あらわれないかもしれない。

さて、そういう背景をもって、日本の戦後は始まった。その自覚をもつ人は米国にも少なく、日本にも少なかった。日本人にとって打ちひしがれた月日であった。

そのときから数年を経て、一九五〇年六月二十五日、朝鮮戦争が始まり、米国の対日政策は変化し、この戦争を杖として、日本の経済復興はなされた。

二〇〇九年一月現在の日本人が「戦後日本」として理解するのは、この朝鮮戦争以後、経済の立ち直った日本のことである。

金で人の値打ちを計るようになった。金で物事の値打ちを計るようになった。そういう日本のことである。現在の日本国会で活躍している人びとの価値観は、そういう戦後日本で常識と考えられているものである。

その価値観から見ると、戦争はどう見えるか。憲法九条はどう見えるか。

これだけ金をもっているのだから、軍隊をもつのが普通だ。

そこに、私たちの問題がある。

明治維新についても、異種同型の問題がある。

江戸時代の終わりに、このままでは日本は行き詰まると考えた人たちはいた。御一新の動きを起こした人びとの中で、橋本左内、横井小楠、高杉晋作、坂本龍馬の維新のプログラムには、その後、明治に入ってから朝鮮を略取しようという考えは、入っていない。しかし、幕府を倒して御一新がはじまった後には、急速に朝鮮との戦争が起こり、やがて朝鮮を日本に合併し、欧米諸国並みの帝国主義の道を歩み、米国との戦争に負けるまでは、世界の大国の一つとなった。日本人の中には「御一新」が、幕藩体制の中から起こったということは忘れられた。

アジアの一つの国として、アジアの国々とともに平和をめざすことは、百年前とおなじく、今もむずかしい。

（「クレスコ」二〇〇九年一月）

日本の平和運動の未来――「九条の会」呼びかけ人による憲法ゼミナール

太田光（爆笑問題）がつぎつぎに大学を訪問しているテレビの番組「爆問学問」を見て、感心した。

大学生がどういう人びとかが、おおまかにわかる。

早稲田大学のプログラムでは、ホールいっぱいの学生たちで、気分は盛りあがっていたが、早稲田の伝統を研究する会の学生たちも、大勢の人のいる場で自分が話すことを目的にしているようで、話の筋がはっきりしなかった。

それにくらべて、男をあげたのはテレビにその言葉と共に登場した大学創立者大隈重信で、その言葉、「野党たれ」と共に、プログラム全体を引き立てていた。

教授陣の中で元気があったのは、客員教授田原総一朗で、彼は一九六〇年に早稲田大学に入学して、七年間、この大学にとどまったという。彼の中には、一九六〇年の学生運動の熱気がまだ残っていて、現役の後輩たちをしっかりと指さして、その元気のなさをしかりつけていた。

大隈重信と田原総一朗が、現在の早稲田大学生の上にそびえたつように見えるのは、私が見てきたこの一五〇年の日本の歴史にしっかりと合っている。一五〇年といっても、実際に自分の眼で見たのは八十六年で、そのはじめのころには七十歳、八十歳の生き残り老人がいて、その歩いているのを見たり、その話をじかに聞いたりしたということなのだが。

その体験から見て、日本の構想力は、江戸時代の後半に養われたと私は思っている。徳川吉宗のころである。そのころから養子が多くなった。成功した町人の家、地位を築いた武士の家では、血筋の長男を当てにせず、使用人の中から、あるいは同藩の少年の中から、すぐれた者を見立てて娘の婿に迎え、家を継がせた。これは、明治・大正に入ってから用いられなくなった、エリートをつくる方法である。

今では、母親が子どもの尻をたたいて小学校から塾に通わせ、成績をよくしようとする。そして、いい小学校に入れ、いい中学校に入れ、いい高等学校に入れ、いい大学に入れと言うが、こんなことはエリートをつくる道か。

あの人は、東大出だからエリートだなどというのは、英語の学術語からとったエリートという言葉の意味の取りちがえである。ましてや、系図は、エリートを抜きだす方法にはならない。

国会のようすをテレビや新聞で見ると、今の日本の国会は、江戸時代にはじまった御一新の動きが、すでに賞味期限に達していることをしらせる。二代目、三代目の議員が多いことも、その原因だろうが、もっと根底にあるのは、国会議員のほぼ全員が大学出だということにある。人生の前半ですでに世間に屈するくせをつけた人びとは、もはや自分で考えるくせをつける時間をもてない。

性格の根底に磁石をもっていないと、知識はその人に吸いつけられない。いくら知識をもっていても、その知識を使いこなすことはできない。

今、国会と大臣だけを見ていて、私は、日本はこの一五〇年の相当低いところにいると感じている。ところが、日本は世界の一流国だと、彼らは信じているらしい。

日本に知性が残っていれば、これから世界の中でどのような三流国としてやってゆくかの構想を育てていると思うのだが、そういう人は、内閣や国会だけでなく、テレビや総合雑誌では、ほとんど見つからない。

江戸時代後期にすぐれた構想力をつくった御一新は、いつ消えたのか。私見では、それは一九〇五年、日露戦争の後だと思う。

それまでは、江戸時代後期に育った人びとが政治の中心にいた。児玉源太郎は、その前にロシアに負けた天才ナポレオン、その後にロシアに負けた狂人ヒットラーにはさまれて、ロシアに負けなかった。世界史の中のきわだった指導者だった。彼を助けた重臣たちは、いずれも、まず自分の弱さを知り、敵の強さを知る、二〇〇〇年前の孫子の兵法を身につけた人びとである。

かろうじてロシアに負けずに日露戦争の終わりまできた日本の指導者は、そのあと学校の成績で指導者を決めるようになった。そしてそれからすでに一〇〇年を経て、米国に敗れたあともあらためるようすはない。太田光の大学訪問は、若い学生たちの現在に光をあてた。

早稲田大学でもっとも元気があるのは江戸時代に育った大隈重信であり、慶応義塾大学でもっとも元気があるのは、おなじく幕末に構想力を育てた福沢諭吉である。
九条の会は、呼びかけ人がなくなってゆく中で、新しい担い手に受けつがれてゆくだろうか。

（「クレスコ」二〇〇九年二月）

岩波ホールをめぐる思い出

老人施設についての羽田澄子の作品を見て、心をひかれた。施設に住む老女がしばらく自宅に帰っていて、戻ってくると施設の友人と抱きあってよろこんでいるところ。老いたる男同士ではこうならないのではないか。

映画にのめりこんでいたので、時間を忘れて、その日の約束を守れなかった。先方が宿に電話をかけてきて、なにか事故にあったのではないかと言った。その映画を見た記憶は、十年たった今も残っている。

岩波ホールでの出来事だった。

もうひとつ、おなじ岩波ホールで起きたこと。

岩波ホールの総支配人高野悦子が、私の姉、鶴見和子と共演したことがある。

招待されていたので、まだ首相ではなかったころの三木武夫と睦子夫人（今の九条の会の呼びかけ人）、学者丸山真男も、きていた。

二人の舞踊は、鶴見和子が高野悦子にすすめたものらしく、和子の舞は、八歳から十八歳まで続けた経験を生かして、なだらかさをもっていたが、三十年の中断はあらそえず、途中で、扇を落とした。

そのとき、作法に従って和子は動かず、後見が歩み寄って、自分の扇をわたし、舞踊は続いた。

あとのパーティで、丸山真男は私に近づいて、「そのとき、姫すこしもさわがず」と、古典がかりの言葉づかいで、和子をほめた。なるほどと思ったが、私は、後見の眼に貯えられていた何千の舞姿があって、そのとっさの動きに至ったことを思った。後見の眼中で生きた社会学が、もともと和子の理想ではなかったか。

パーティでは、すでに酔っぱらっている岩波雄二郎（高野悦子の姉の夫）につかまって、あれこれ感想をきかされた。ふだん彼の使うことのない、英語、ドイツ語、ロシア語までがまざっていた。

「飲まなきゃ見ていられねえや」

と、いつもは決して使わない伝法な口調で、彼の舞踊鑑賞体験を語った。京都と東京で、私は何度も彼に会っているのだが、このときはじめて親族としての一面を見る思いだった。

親族ではない私の見方はちがう。私には、高野悦子の舞踊は、決して飲まなければ見ていられないものではなかった。彼女はまっすぐに高野悦子そのものであって、藤娘になりきれていないのだ。ぽきぽきしていて、体操のように見えても仕方がない。誠実さが、伝わってきた。

やがて避けられない姉の葬儀には、彼女に挨拶をしてもらいたいと私は思った。そのときは二十年後にきて、高野さんは、誠意あふれる挨拶をされた。そんな未来を思って舞踊を見ている私は、奸智にたけた男である。

高野さんには、戦後まもなく、鶴川村調査の時に会った。そのときこの人は、日本女子大学の学生で、南博について社会心理学をやっていた。社会心理学の学習の中で映画の受け取りかたを研究し、やがて映画の研究のためにフランスに留学した。日本に戻って、岩波ホールの総支配人として、自分の眼を信じて世界の映画作品を選び、日本映画の作品を後援した。この岩波ホールで私が映画作品の中の老女を見て感動したことも、高野さんの活動の一齣だった。

高野さんと私の姉には共通性がある。

二人とも、お父さん子だ。

高野さんのお父上は、満鉄の技術者で、冬の結氷期にどのようにして汽車を走らせるかに苦心した人である。終戦のとき、自分の技術革新の成果を中国人技術者にそっくりわたして立ち去られたと、読んだことがある。

私の父については、長女の和子の教育に心魂を打ちこんだ人であり、父が倒れて失語症をかかえて十五年近くを送ることは、彼女の努力なくしてはあり得なかった。これは彼女に返すことの出来ない負い目である。父が常に一番をめざした人であることが転移して、和子もまた常に一番をめざす人となった。四十歳をこえてプリンストン大学で社会学博士となったときにも、彼女は首席だった。

七十歳を越えて脳出血に倒れてからは、彼女は資料を広く見ることができなくなり、内面との対話をもとに、今までの調査を考えるようになった。同時に、思い通りに動かない自分の半身をどう持ち扱うかを通して、生と死の対話を自分の中で続けることになった。これまでの一番をめざす流儀から離れ、新しい流儀で表現を続ける新しい世界をひらいた。それが、倒れた後の十一冊の著作である。
　高野さんの岩波ホール総支配人になられた後の活動は、おなじように、お父さん子であった時代とは別の、活動の世界を切り開くことになった。私は高野さんを通して、和子の活動を思い返す。おなじとは言えない。おなじように千客万来の世界の中に場所を取りながら、高野さんには、和子にない剛直な姿勢がある。そう思うと、舞姿がかたいままに、個性のあるものに見えてくる。

（「岩波ホール　冬」Ｎｏ３６０・二〇〇八年）

池澤夏樹著『カデナ』を読んで

この小説は、脱走兵援助の担い手から直接に正確な情報を取って、しかも、そのまま リアリズムの作品に仕立てる道を取らなかった。そこに、おそらく情報の提供者自身が読んだとしても、おどろくような別世界があらわれる。

沖縄で脱走兵援助がおこなわれたとしたら、本土でよりもはるかにむずかしく、入り組んだものになっただろう。

こんな作品は、幕末の新聞記者、たとえば岸田吟香を現代にもってくるようでなければ、書けない。そのむずかしい芸を、著者はあえておこなった。そして成功した。

こんなことを書くのは、私が同志社大学の新聞学の教授だったころ、幕末の新聞をいくらか読んだことがあり、その中で、「コノシマ買イマショウ　イクラデスカ」という記事があったのを、この小説から連想したからである。

江戸時代新聞草創期の文体を、日本の新聞記者はいつから失ったのか？

日本の米軍基地のおおかたを占める沖縄で、米国兵士の脱走援助がおこなわれたとすれば、どうなったか？

その問題があたりまえであることに、現代の新聞は思い及ばなかったし、今も及ばない。

敗戦直後、長期間にわたって沖縄に米軍基地を置くのを許したことに、この欠落のはじまりがある。戦後六十四年、痛みを感じることなく世界の一流国と自分を感じつづけた錯覚をもつ報道専門家の成立。その後の欠落を報道専門家自身が感じていない。それは大正の末に日本の一流報道会社が入社試験の条件として大学卒業としたところに起源がある。

一五〇年をふりかえると、日本の新聞は岸田吟香にさかのぼることができる。岸田は岡山から出てきて、江戸で風呂屋の三助として、はだかの男女を相手に自分の日本語をつくった。医師ヘップバーン（ヘボン）の日英語辞典（『和英語林集成』）編集の助手として彼の書き残した『呉淞（ウースン）日記』は名文である。四冊のうち二冊だけが残っている。

江戸期の日本の新聞には、現在の日本の新聞が失っているインターナショナリズムがある。

「この島買いましょう。いくらですか」。この質問は、現在の日本の大学出身者から、おそらく出ない。幕末日本の新聞記者がもっていた国際感覚を、大学在学中に日本の新聞記者は失っている。

大学がどれほど日本の新聞の文体を低くしたかを、この機会に考えてみるとよい。岸田吟香、池辺三山の高さに、日本の新聞は戻ることができるだろうか。三助ジャーナリズムに帰れ。

小説『カデナ』は、女主人公が情事の相手から離れて、フィリピンの実母のもとに帰るところで終わる。現代社会は、特に日本では、アブノーマルな形として母子家庭をとらえる習慣があるが、そこにこそ正統な家の伝統があるという読後感を、この小説は私に残した。


(「京都新聞」二〇〇九年十二月二十二日)

まきこまれた人——小泉文子『もうひとつの横浜事件』

戦争からは生き残ったものの、海軍病院での胸部カリエス手術、内地に戻ってからの腹膜炎、肺浸潤と、結核の症状が私にはあり、軽井沢の父の別荘にひとり住んで、ヤギの乳を飲んで自炊して療養していた。

あるとき、雲場の池を通りかかると、「鶴見さん」と声を掛けられた。旧知の大河内光孝の夫人だった。「主人もいるから」と言われて、池のそばに並んでいるバンガローの一軒に入ると、四年ぶりで大河内光孝（通称ミッチャン）に会った。

彼は、戦争中の投獄について話した。妻ともどもである。

アメリカから帰国後に住んだ東京で、防空訓練をやらされ、バケツリレーなんかで空襲をとめられるわけはないと放言しているのを密告されたらしい。彼も夫人も、なぜつかまって拷問に遭ったのか、わからなかった。

後に、横浜事件についての記録を読んで、川田寿の証言に、大河内夫妻への拷問はすさまじいものだったというところがあって、驚いた。大河内も夫人も、日本を選んで帰国してきたのに、アメリカ流にあけっぴろげに話をすることをやめなかったのである。それ以外に、つかまる理由は考えられない。彼は、米国フォート・ミードの収容所と日米交換船の中で私がつきあった経験から考えて、『改造』や『中央公論』を読む人とは思えない。

大河内はもともと、子爵の妾腹《しょうふく》の子として学習院に入れられ、年少の愛らしい子(後の昭和天皇)に駄菓子をやって、それがばれ、親が学習院から引き離して、やがて米国に送られた。そこでリングリング・ブラザーズ・アンド・バーナムというサーカス団に入り、柔道を使った寸劇で身を立てていた。

私の弟、鶴見直輔が慶応大学の川田寿ゼミにいたことで、私は横浜事件での川田の証言に注目した。小泉文子著『もうひとつの横浜事件』(田畑書店)に誘い出された大河内夫妻の思い出を、理論も解釈も加えることなく、ここに書く。

(「茨城新聞」二〇〇九年九月二十五日)

日本人の中にひそむ〈ほびっと〉

――中川六平『ほびっと　戦争をとめた喫茶店』

1

『ホビットの冒険』は、古代英語の研究者トールキンが書いた、こびとを主人公にした物語である。彼はさらに、主人公ビルボの甥フロドを主要人物に立てた『指輪物語』という長篇を書き、映画となって日本でも上映された。

日本でも蕗の葉の下の小人やスクナヒコナの伝説があり、ザシキワラシの伝説が生きている。明治以来の国民の中にも、そういう小さい人は生きている。

一九五六年にはじまったべ平連は、そういう小さい人を呼びさまし、家と地域を越えた結びつきをつくった。

日本に米軍の基地があり、そこから送り出される米人兵士がベトナムで戦い、しばらく日本に戻って英気を養って、またベトナムに戻ってゆくのは、へんな話だ。米軍基地の一つ、岩国の住民の中で、そういう感じをもつ人が出た。フクヤである。岩国の現地で公務員の座にいるフクヤが、ジョー・サンテクというアメリカ人のカトリック神父と話し、彼がベトナム戦争をきらっていることを知って、会話の輪をつくった。このことが、京都に、また北九州、広島に伝わって、若者が一人、また一人と集まった。アンドウ、サワダ、ワシノ、トミタ。みんななつかしい人びと。

この本の著者は、当時二十歳の同志社大学生で、彼が会話の輪に入ってきたときに、岩国反戦喫茶店で働く人がいなくて困っていた。岩国に行かないかとさそうと、いいですよ、と応じた。それがこの物語のはじまりである。

理論好きの人は、三十三ページから読みはじめるとよい。脱走兵ノーム・ユーイングの裁判のところから。

ここに至るまで、岩国と青森県三沢と、二箇所の反戦喫茶店をやってゆく金集めの中心になったのは鶴見良行。京都市役所職員で、中小企業相談を受けもっていた北沢恒彦が、店の収支全体を考え、店は地元の信頼のある歯科医の夫人がさがし、岩国教会の牧師二人の支援を受け、喫茶店の設計と施工には、後に京都精華大学学長となった中尾ハジメが腕をふるった。

そこに立ち寄ったのが中川六平（通称）という青年で、井伏鱒二の描く小説に登場する人物を思わせた。そういう男が、当時の自分の日記を引用しながら書きはじめたのがこの本である。

2

ノーム・ユーイングは、当時十九歳。紅顔の少年である。彼に信念と持続があることは、脱走を続けるよりも、みずから軍隊に戻って裁判に身をさらすという決断をしたことに示される。除隊の後、彼は私人として日本に再入国して岩国にきて、後に記すように、新聞に汚名を着せられた喫茶店「ほびっと」の終わりに立ち会った。

ノーム・ユーイングの裁判は、日本人弁護士が米国の軍事裁判の法廷に立つ最初の例となった。

それまでの経過。米国東部のユニテリアン教会の牧師ピーターマンが私に会いにきた。彼は米軍の軍法について説明し、米国籍をもっている者がこの文書を配布すると罪になるが、米国籍をもたない者が配布して説明を加えることには罰はない。だれか、英語の知識をもつ日本人弁護士に紹介してもらえないか。米国の法律に良心的兵役拒否の権利を保証する条項がある、という。私は英語はできるが、弁護士ではない。思いついたのは、つい近ごろ私を訪ねてきた東大法学部を出たばかりの司法研修生で、京都在住の人。彼は学生のころダートマス大学に一年留学していたという。その小野誠之弁護士にきてもらい、ピーターマンに米軍の法規の説明をしてもらった。私の自宅でおこなったセミナーで、小野弁護士は被告の弁護士として立つ用意をかため、やがてノーム・ユーイングの弁護を米軍軍事法廷で引き受けることになった。

翌日の法廷では、裁判長のつれてきた日本人通訳が途中で法律上の内容がわからなくなり、米人弁護士の補佐として被告の立てた小野弁護士が自由に活動できた。結果は、懲役九カ月、除隊の判決だった。旧日本軍ならば、見つかったら銃殺を覚悟しなくてはならない。この判決は、米軍としても軽い。私たちの弁護活動は効果があった。

3

しかし、罰は、思いもかけないところからきた。

一九七二年六月五日、新聞が報じた。岩国の喫茶店「ほびっと」が米軍の武器を日本の反戦運動組織にまわす受け渡しの場所として使われている、という記事だった。朝日、毎日、読売など、どの新聞にも一面トップで出ていた。

私はおどろいて、仲間と相談し、弁護士とともに岩国に行った。

新潟で新聞を読んだ中川六平の両親はどんなにおどろいただろう。息子は、京都で同志社大学に通っていると思っていた。それが岩国にいるのだ。米軍の武器を日本の反戦運動にわたす？

すぐさま二人で相談して、岩国にきた。その帰りに京都に宿をとり、飯沼二郎（京大人文科学研究所教授）と私（同志社大学文学部新聞専攻教授）に会いたいという。

すぐに二人で、宿に行った。すると御両親は、

「岩国に行ってきました。息子に会いました。続けさせます」

飯沼さんも私も、いい年をした大人、しかも教授である。なにをやっているんだ、と問いつめられると思っていた。ところが、この言葉。私たちの弁解もなにもないのに、息子の言葉を信じる。

べ平連の四年間で、感銘を受けた時である。今も、書きながら、涙が止まらない。

このことがあった。

4

国家の不当と新聞の不当報道を訴える、こちら側の訴訟は続けた。しかし、こちら側になにも収穫がなかったわけではない。なにを根拠として、米軍の武器が喫茶店「ほびっと」で受け渡しされたというのか？　そのうわさの出所は、拘留中の赤軍派の活動家の口からでたことが、警察官自身によってあきらかになった。

そこを弁護士に問いつめられると、出廷した赤軍派活動家は、「うわあ！」という奇怪な声をあげて、この尋問は終わった。

うわさに根拠はなかった。べ平連は、非暴力直接行動の原則から、岩国「ほびっと」においても逸脱していない。

しかし、こちらの起こした裁判に負けたことは事実である。

5

何度もの広島裁判所行き。その実費の請求額は、ほんとうにわずかなものだった。

小野弁護士たちに感謝。

その間、おもしろかったこともある。弁護士たちは、広島駅ビルの食堂で出すはまぐりの酒蒸しをよろこんで食べた。

そして、「ほびっと」のマスター中川六平は、同志社大学を卒業して、新聞社東京タイムズに就職した。

その間にべ平連は、五月五日こどもの日の行事として凧あげを実行し、岩国基地に米軍機が離陸するのをさまたげた。岩国中の機動隊を集めても、川の小舟から高くあがる一つの凧を止めることはできず、警察から、命令ではない、頼むから、あの凧をおろすようにしてくださいと言われた。この凧あげの名人は後の写真家、甲斐扶佐義である。

この間の資金は相当。しかし、莫大というほどではない赤字である。

米国の情報構図はべ平連の資金を、敗戦時に満鉄がもっていた隠し金を流用しているとした。たしかに私は初代満鉄総裁後藤新平の孫である。しかし新平自身はワイロをとらない人生を生きたし、そこから私に資金がくるわけはない。国家の金を流用して機関を動かしている人たちは、そういうことを考えるものだ。

私について言えば、名前がよくない。私の父は売れる本を二冊書いて収入を得たが、私は大東亜戦争で海軍軍属となってジャワに行って以来、父の収入と別個の暮らしをたててきた。

しいて言えば、漫画の力である。筑摩書房で出した『現代漫画』は、出版社の見込みを上まわってよく売れ、専務の岡山猛（後の社長）が京都まで挨拶に来て、売れすぎるので、これまで解説を書いていただいたのを、原稿料ではなく、印税としてお払いしますと言った。ちょうどべ平連が週刊誌を出すというので、私はそれに書かないかわりに、『現代漫画』の収入を、私を通さずにその週刊誌の資金とした。

喫茶店「ほびっと」の宣伝マッチは、長新太にかいてもらった。ほかにべ平連のはがきに加藤芳郎、富永一朗の力を借りた。漫画家ではないが、岡本太郎のデザインした書き文字「殺すな」のポスターやバッジは、強い影響をもった。

以上、たのしい思い出である。「ほびっと」のお客から岩瀬成子《じょうこ》という児童文学者が育ち、戯曲や小説を書いた。『朝はだんだん見えてくる』（上演された）。

「ほびっと」では、マスターの中川六平は焼きうどんを得意とし、私もそこでよく食べた。外に出て「大学」という店で百円のすき焼きを食べることもあり、うまかった。

6

「ほびっと」は、惜しまれてつぶれた。六平は近所のおばさんに人気があり、送別におむすびをもらった。「ほびっと」の終わりからしばらくして、ベトナム戦争はベトナム人民の勝利に終わった。やがて人間は過ぎてゆく。その終わりの前に、日本人民の中にひそんでいるホビットやザシキワラシに呼びかけて、新しい反戦運動がおこるのを待つ。

ほびっとのみなさん、さようなら。ありがとう。

二〇〇九年八月三十日

(『ほびっと　戦争をとめた喫茶店―べ平連　1970―1975 in イワクニ』中川六平著解説・講談社・二〇〇九年十月)

さらなる発展を期待して——福岡ユネスコ

はじめて福岡ユネスコの会議に出ておどろいたのは、日本生まれでない人たちが日本語をかわして、日本の文化について話しあっていたことです。これは誘いにきた竹藤寛さんのたぐいまれな情熱によるものでした。私はほかにそういう場所を、日本の国内にも、国外にも、知りませんでした。

かつて国際人というのは、日本政府のきめたことを英語で説明する人のことでした。明治の終わりにはじまった用例ですが、つぎにくる大正・昭和の終わり近くまで、その定義はあてはまります。

福岡ユネスコは、日本政府の公式見解にとらわれず、しっかりした事実に基づいて意見交換のできる場所でした。

日本の大学にとって、米国の大学は傘の役割を果たしているという説を、この会でアベグレンからきいたことも心に残っています。

交通整理が要ります。その役を務めたのは、ドナルド・キーンであり、ロナルド・ドーアであり、加藤周一でした。

ここに私がきたのは、この会の創立からずいぶん日がたってからでした。六歳のときから中断なく続いている永井道雄とのつきあいが、遅れてきた私にとって、この会をなじみ深いものにしました。

それまで何十回となく分析と語り直しを試みて、もともとはポルトガル人モラエスの示唆を元にした「いろはかるた」について、しっかりしたかたちをもつ発表をすることができたのも、ここでした。

これからは、アジア、イスラム諸国、そして隣の国である韓国を深く視野に入れてほしい。中国ははじめからこの会の視野に入っていました。殊に韓国について、私から見ると若い四方田犬彦のような人物に交通整理の担当として入ってもらって、会議を活発にしてほしい。また、池澤夏樹のような人の参加を得て、太平洋諸島と日本文化について考える道をつくってほしい。

私にとって福岡ユネスコは、ここに行ったことがよかったと思う会です。この会の独特の場が日本の中のひとつの世界として続くことを、現在の事務局長吉田浩二さんにお願いします。

もうひとつ、この会の活動を通して日本の現代史の中にある明治以前と明治以後の断絶を越える糸口ができるのではないかと思います。

二〇〇九年十一月一日

新しい日本人と新しいアメリカ人

私には迷信がある。一九四二年に日本に帰国して以来、アメリカ合衆国に行かないというのが、迷信のひとつである。

小学校だけ日本で卒業し、他に卒業した大学はアメリカのみ、という学歴のため、二十歳で日本に戻ってから、日本語で書くのに苦労した。にもかかわらず、一九四二年六月十日、日米交換船でニューヨークを離れて以来、一度も米国に入ったことがない。

そのくせ、日米戦争のあいだじゅう、私は、米国の勝利を疑ったことはない。正義については、国家は悪いことをするという思いこみから離れることはできず、ナチスと結託する日本国には正義はなく、ナチスに反抗する米国に、より大きな正義があると思っていた。しかし、やがて米軍が勝利して日本国を支配下に置く（この未来は疑わなかった）とき、第一次世界大戦以来思い上がった米国人が、日本人に対して、傲慢な態度で臨むことは避けられない。もしそこに私が生き残っているとしたら、米国人との接触をなるべく避けようという決心を固めた。私はそういうひねくれ者として、自分の決心は今日のところ貫いている。

敗戦から六十五年たった。世界の状況は、かわった。ベトナム戦争に際してアメリカ兵の脱走を助けた仲間が、米国に渡って米国市民となった。私は自分の守っている迷信を超えて、自分の理性から考えて、それを受け入れる。その米国人が、室謙二であり、彼の著書『「国」って何だろうか？』（編集グループ〈ＳＵＲＥ〉）が出た。これはおもしろい本だ。

彼は米国に渡って、米国市民の仏教徒と結婚した。この米国人の妻は賢明な人で、彼女の力によって夫は自分の知性をめきめきと高めた。その結果がこの本に表れている。

著者、室謙二は言う。

「アメリカ人になるときに、憲法とかなんとか全部、暗記させられるんだよ。試験に合格しないと市民権をもらえない。独立宣言のなかで一番重要なことはなんですか？　と聞かれると、私は『ハイ！　それは人民が政府をひっくり返していいことです』とか言うわけ。すると『正しい！』ということでアメリカ人になれる。ね、日本人にとっては変な話だと思わない？」

この本の著者を私は五十年近く知っている。その年月のあいだに、特に中年以後になって、教養も判断力もしっかりしてきた。じつにおもしろい本で、私は、彼とともに、ベ平連、脱走兵援助に参加してよかったと思う。

彼の祖父は陸軍中将で、その保守的な家庭から室謙二の父親は離れて、妻とともに大正デモクラシーを担う家庭をつくった。自由な家風の中で育った室は、日本の受験教育になじまなかった。米国に渡ってから自分で築いた家庭が新しい彼を作った。

米国の広さだけでなく、日本の広さを感じさせる本である。

（「京都新聞」二〇一〇年二月二十四日）

河合隼雄の心理療法を受けて

河合隼雄が亡くなって、彼と話す機会を失った。

しかし、文庫本というかたちで、次々に彼の著作があらわれるので、それを読むごとに、彼の心理療法を受けている。私はひとりのクライエントとして、カウンセラーである彼に対することになる。

『心理療法入門』という一冊の本を読むうちに私は、自分の生まれついた家族についての見方がせまいことを感じた。私の家は、政治家の家で、父の考え方の欠陥を私は感じながら育った。一九二八年、隣の国の大元帥張作霖が爆殺されたとき、父は国会議員としてこれに日本人が関《かか》わったことに抗議したが、この抗議をつらぬくことができなかった。

父の果たした役割はどういうものだったか。家の内でも外でも、父が軍国万歳に呑《の》み込まれてゆくのを私は見た。父の役割について私は批判を持ちつづけた。今も、その考えは変わらない。しかし、河合隼雄立ち会いで問答を続けるうちに、今は自分のせまさに気づく。

父は私が彼を批判しているのを知っていた。それなのに、不良少年であり、成績の悪い私をなぜ父は我慢したのか。父は貧しい家の生まれで、第一高等学校に二番で入り、そのあとは首席を通した。東大法学部を卒業し、高等文官試験に二番で受かり、官僚として暮らし、代議士に転じた。私は父に説教されたことがない。学校の成績をあげろと言われたこともない。中学校二年で退校し、無頼の暮らしをつづけている私を父はアメリカに送った。いくらなんでも、親の金を浪費して不良少年をつづけているわけには行かない。

この心機一転を、父は洞察したものとは思えない。とにかく私は十九歳でハーヴァード大学を卒業して日本に帰ってきた。しかし、政治家としての父の行動には戦中も戦後も同意できず、戦後早く家を離れた。それからは自分で稼ぐわずかの原稿料で暮らしを立てた。

生まれた家を再訪したのは、倒れた父の看護にあたっていた姉が博士号を取りに米国に行った時である。看護を引き受けたと言っても、実際に担ったのは私の妻のほうだ。十数年を経て再会した父は、子供の時の私に対したように我慢強く、愛情をもっていた。

河合隼雄の心理療法を読むと、その一齣《ひとこま》一齣によって、父と私との関係が新しい意味をもつようになった。

父はすでに亡くなっている。私にとって自分の死は近い。私は、河合隼雄の著作を読むことで、私が自分の息子に向けるまなざしの中に、父が私に向けたまなざしを感じる。生きている一刻一刻に私は、あり得た一家団欒《だんらん》を取り戻す。たとえばこんなふうに。

父に。「私のような不良少年をよく我慢しましたね」

別に父の答えを期待してのことではない。

（「京都新聞」二〇一〇年九月二十一日）

温故知新

『加藤周一自選集』（岩波書店）を、出るたびに一冊ずつ読んでいる。最近出た集で、気がついたこと。

フランス人の若い評論家をまじえてフランス語で議論しているうちに、「サルトルはもう古い」と一人が言い出した。同調する者の多い中で、ひとり平井啓之《ひろゆき》が、京都なまりのフランス語で、古くないと言い張って、判者の加藤周一はフランス人に抗して、平井に軍配をあげた。

若いフランス人にとって、レジスタンスは知らぬことで、ニザンなどは彼らの読書経験の外にある。

しかし平井啓之にとっては、戦死者から自分を切り離せないところに立ち続けている。フランス語がフランス人のレヴェルに達していないなどということは問題でない。彼は戦没学徒を記念する「わだつみ会」を大切にしており、彼自身の実存は、死（戦死）にふちどられている。

「○○はもう古い」は、一五〇年来、日本の知識人がくりかえした言葉づかいである。明治以前はそうでなかった。

今やフランス人も、アメリカ人も、「○○はもう古い」と言い出して、グローバル・カルチャーが、温故知新（古きをたずねて新しきを知る）のかまえを失うと、どうなるか。

もうひとつ、明治以後の一五〇年に特徴的なことは、英語、フランス語、ドイツ語に心を奪われて、その言いあらわす内容を捨てて大学を出てゆくことである。

私のいたころの七十年前のアメリカでは、米国人をふくめての会合で都留重人が話すと、他《ほか》の日本人留学生は皆だまってしまった。都留さんのように英語を話せないことを恥じて。

そういう習慣は、今の日本国内でも持ち越されているような気がする。

そうすると、スウェーデンまで出かけて「アイ・キャンノット・スピーク・イングリッシュ」と言った益川敏英は、さわやかだ。ノーベル賞があなたに贈られますという第一報を電話で受けて「ザッツ・ヴェリー・ナイス」と受けた小柴昌俊の英語は、達意のものだと思う。自然科学と数学の領域では、内容が重く見られているのだろう。早くから英語社会に移って暮らしている南部陽一郎は、とても名誉なことだと礼儀正しく述べた。島津製作所に働く田中耕一は、英語の電話を受けて、どういうことかわからなかったという。

インド人タゴールの英語の文章はすばらしい。早くから一九二四年刊の『オックスフォード英語散文選』に入っている。話す英語も見事だっただろう。おなじくインド人ガンディーの英語はそれほどうまく話されたとは思えないが、内容によってイギリス人の聴衆をひきこんで、イギリス人に自分たちのインド支配をはずかしく感じさせた。日本国がグローバル・カルチャーをめざして「○○はもう古い」式になったアメリカの知識人、フランスの知識人の後を追わないことを望む。

（「京都新聞」二〇一〇年六月三十日）

よみがえる安重根

安重根《アンジュングン》は獄中で平和論を書いた（山室信一、京都新聞二〇一〇年八月六日）。そこでは、日中やロシアが覇権を争っている旅順の永世中立化を提唱し、各国代表による平和会議を興して摩擦の種を除き、共通の貨幣をつくり、若者にお互いの言語を学ばせる構想を示した。

安重根に暗殺された伊藤博文がハルビンを通ったのは、ロシアに行く途中だった。日露戦争による打撃でこれまでの外交対策を転換する機会があると見て、日本とロシアのきずなをこの際につくろうと考えたからである。

安と伊藤それぞれに、とげられない望みがあった。

日本国が韓国を奪って一〇〇年。ただそれをもとのそれぞれの独立国に戻すことでは足りない。韓国は知らず、日本国には理想への動きは、あるのか。このときに、ただの暗殺者として見られてきた、そして今も見られている安重根の志を、日本人の側から掘り起こすことの意義は大きい。掘り起こした人、山室信一の文章から引く。

「(安重根は) 獄中で気づく。自分が罪人であるのは、伊藤を暗殺したからか。違う。平和を求めながら、殺人という手段に訴えたことではないかと」

伊藤にロシア行きをすすめたのは後藤新平だった。二人は広島県の宮島で出逢《あ》った。後藤は、日露戦争の失敗で気力が落ちているロシア政府に、今こそ伊藤自身が乗り込んで、未来の結びつきを協議すべきだ、と述べた。これは伝記『後藤新平』の中で「宮島夜話」という一節になっている。著者は私の父、鶴見祐輔。

父が脳出血で倒れ、失語症になって十数年。この間に竹内好から、「宮島夜話」を雑誌『中国』に転載したいという申し出があった。承諾した。これが一九六六年、勁草書房による『後藤新平』全四巻の復刊の糸口となった(現在は藤原書店から再刊)。

竹内好は、失敗の中に未来の芽を認める。実現しなかった伊藤博文のロシア訪問の糸口を「宮島夜話」に認めて、明治末、日露戦争後の日本に、ロシアをふくめてのアジア主義への望みがあったことを見た。この考え方は、大川周明をただの右翼ではないとする見方につらなり、今日の中島岳志のアジア主義掘り起こしへとつながる。
我々《われわれ》は、米寿を超えた私自身をふくめて、誰しも未来に生きることはない。現在に生きる。その現在は刻々に過去となり、過去の再評価であるほかにない。まだ明治日本が韓国や中国への侵略に踏み切っていない、明治以前の江戸時代末期に、どれほどの別の未来(アジア侵略を自制する道)があったか。それを考えてみる思考実験を試みたい。沖縄の位置も、そこから新しく現れるのではないか。現在から未来への道筋を直線コースで決めて、こどもとおとなにおしつける、その集団的思考方法から離れて、明治以前の近過去を考えなおしてみる想像力の実践を試みたい。そのとき、大川周明だけでなく、西郷隆盛、岡倉天心が私たちの遺産として新しくとらえられる。

(「京都新聞」二〇一〇年八月二十七日)

漂流と常民——『ライマン・ホームズの航海日誌』川澄哲夫訳

1

十八世紀後半の日本は文化の高いところまで達していた。そうでなければ、無作為抽出で常民を抜いたとしても、海外諸国（ロシア、米国）に置かれて言語を使いこなし、自分の見識を伝えることは、できなかった。

黒船がきたころ、大名たちがまったく判断する力をもたなかったのと、対照をなす。漂流民のひとり万次郎は、学校に行ったことさえない十四歳の漁民として、米国の捕鯨船に救われて、ほどなく船上での日常の業務をこなし、東部につれてゆかれて学校の教育を経て英語をおぼえ、余分に桶つくりの修業をし、金鉱で働いた。自分ひとりの意志で日本に戻って、日本国を鎖国から変えてゆこうと考えた。

しかし、こうなるまでには、捕鯨船の船長ホイットフィールドだけでなく、乗組員の助けなくしては、不可能だっただろう。

万次郎たちが無人島から助け出された後の船員の努力についての記録があらわれるという。たのしみだ。

今、二百年たった後で、米国と日本の関係はうまくいっていない。日本の政治家たちは幕末の大名たちとおなじく、あわてふためいて自分たちの未来を自力で切りひらくことができずにいる。米国側の当時の政治家も、状況に適切な策を打っているとは言えない。

もとに戻って考え直したほうがいい。

2

なにかわからぬことの待っている大海をゆく航海にとって、毎日の日記をつけることは、重大な日課である。

十四歳の万次郎はまだそういう日記のつけかたを知らない。しかし、万次郎を救ったアメリカ船の乗務員は、すでに、ポルトガル、スペイン、イギリスの航海の歴史を経て、航海する者にとっての日記の重要性を知っていた。

私は、岩手県水沢の斉藤實記念館で、彼がイギリス海軍で習い憶えた航海日誌を見て、その英語の簡潔な文体に打たれた。

万次郎ははじめ、航海日誌というもののあることを知らない。しかし、やがて、航海に参加することによって、航海日誌（ログ）のつけかたを実見する。数年を経て彼は、船員の選挙によって副船長にまでなるのだから。

しかし、このとき、万次郎はそんなことは知らない。

無我夢中で救助され、助けたほうの船員はすでに、何世紀も伝えられた、大海を乗り切る航海術を身につけていた。

3

二〇〇二年二月はじめ、神田の古本屋街で、万次郎を助けた船の航海士の日誌が見つかった。そのことが、この本の出版の発端である。

筆者はライマン・ホームズ。ジョン・ハウランド号に乗りこんだばかりの新米水夫で、彼の書くところによると——

「一八八四年六月二八日（月）

午後一時、二隻のボートを下ろし、岸辺に海亀を探しに行く。三時にボートは戻ってきた。五人の中国人か日本人を連れ帰った。難船して、この島に漂着したということだった。彼らは、泳いでボートに乗り移ってきた。何もしゃべらない。お互いに、身ぶりと手振りでしか、相手の言うことが理解できない。海岸に衣類と数個の箱を残してきたと言っているようだ。海岸に、一隻（二隻ではないであろう）、難破した中国風ジャンクの残骸があった。彼らをサンドイッチ（ハワイ）諸島へ連れていくように手配する。一隻のボートを島にやって、彼らの衣類をとってきた。数個の箱と四〇ガロン入りの樽が一つ、難破船の残骸の傍に置いてあった。船は一〇トンか一五トンくらいだろう。」

4

こんなにくわしい記事に、私ははじめて会った。万次郎のことを私は早くから知っていたが、それは、私が米国に行った当時、フランクリン・デラノ・ローズヴェルトが大統領だったからで、ローズヴェルトは実家が東部のフェアヘイヴンに近く、そこにかつてつれてこられた日本の漂流民マンジローのことを、幼いころからきいて知っていた。

万次郎の子孫がフェアヘイヴンを訪れたことがあり、私はその会見記事を読んだことがある。そんなことから、少年向きの物語をたのまれたとき、私は万次郎のことを書いた。

ある日、京都に住む私のところに東京から電話があった。それは、万次郎について専門的に研究している川澄哲夫氏からで、彼から次々に送られてくる資料によって、幕末の日本での万次郎の記事を知ることができた。今日まで万次郎について私が知ることができたのは、川澄哲夫氏のおかげである。

ライマン・ホームズの日記の結びには、こう書いてある。

「一八四三年五月八日(月)

この長い不愉快な航海は三年六ケ月と七日かけておこなわれた。指揮した船長はビル・ホイットフィールドであった。」

万次郎が残したホイットフィールド像と、なんと対照的な肖像だろう。

（『ライマン・ホームズの航海日誌　ジョン万次郎を救った捕鯨船の記録』川澄哲夫訳序文・慶應義塾大学出版会・二〇一一年五月）

五十年前は今とつながる

前と後ろが見えてくる時がある。一九六〇年は多くの日本人にとってそういう時だった。

それより十五年前、戦力を失った日本人の上に、原爆が二発落とされた。この戦争をはじめたのは日本だ。最後の地上戦は沖縄で戦われた。日本国の軍隊が沖縄の住民を何人も自殺に追い込んだ。その沖縄に米軍基地を押しつけて、戦争の代価を払わせる。

一九六〇年には、ふりかえってそういう筋書きが見えてくる時だった。

まず、この骨格を知ろう。それから、こまかいことについてどういう取り決めをするかを考えてゆく。

自分が臆病であることを忘れまい。その臆病を手放さず、大胆に日本の骨格を見よう。原爆を落とされた日本人として、世界の骨格を見定めよう。

（「文藝春秋ＳＰＥＣＩＡＬ」第14号・季刊二〇一〇年秋号）

IV

ノアの世界

ひろびろとした視野

——永瀬清子

一

京都の岩倉から大阪の箕面《みのお》まで、ずいぶんある。早く出たつもりだったが、葬式ははじまっており、私よりさらにおくれて、先輩の女の人がついた。その人は待たれていたらしく、お寺の門の前に立っていた人にだきかかえられるようにして、本堂に入っていった。

お寺の庭はいっぱいだったが、私にとっては知り人はいなかった。

やがて拡声器から、詩を読む声が流れてきた。せきこんだような、つっかけをはいて先をいそいで歩いてゆくような速さで、

いつかあの世であったら
あなたも私も、女の詩人として
せいいっぱいのことをしたのだと
肩をたたきあってわらいたい

私のおぼえているままを記すと、そういうふうにつづいた。それは、私がそれまでにきいたことのない詩の読まれかたで、私の心をみたした。

港野喜代子さんの葬儀だった。数日前、港野さんは、自宅にもどって風呂に入り、そこで心臓麻痺をおこしてなくなった。ひとりずまいだったので、港野さんの死は、時がたってからわかり、老女の淋しい死として新聞に出た。

ひとりで住んでいるものが死ぬということを、こどもの場合は別として、淋しいことと私は考えない。このお寺に、私の見知らぬ人がこんなにたくさん来ているではないか。これほどの心をこめて詩を読む友人もいる。

その時より二十五年も前、今から言えば三十五年も前、港野さんは、大阪で私たちをあつめてわら半紙をとじた詩のサークル雑誌をつくることをはじめた。その中で、詩人としてとおっていた人は、足立巻一さんと港野喜代子さんだけだった。そういうわら半紙の詩集（ガリ版ですったもの）を出して、その中に、自分も詩を書いた。私が、この葬儀に来ているのは、そのつながりのためである。

港野さんが、どういうつながりを他の人たちともっていたのか、私は、知らない。このお寺の庭にたって、たくさんの人たちの中で、私は、新しい詩の読み方にふれた。

この詩を読んだ人が、永瀬清子という人だということを知ったのは、だいぶあとである。永瀬さんは、岡山から出てくる汽車の中で、走り書きのようにしてこのとむらいの詩を書き、そのまま葬儀で読んだという。鋳造されたばかりのメダルのように、それは、新しくかがやいていた。

港野さんにふれて、永瀬清子は幾つもの詩を書き、また散文を書いた。

戦後、百姓をしている私を一番に訪ねてくれたのが彼女であった。私は又彼女を訪れたがその時彼女は、焼け跡の雑草がしげりにしげった大阪で焼けのこりの工場の二階の五角形のいびつな部屋に住んでいた。私はドラム罐のお風呂に入り、三角形の蚊帳の中でねた。

どちらも四人の子供がいて、その子等の生長と共に私らのそれぞれの生活があった。すこし子供らが大きくなった頃、彼女は箕面の崖ぶちに家をたてたが私がはじめに行った時、乙女椿と桃が咲き又菫が一めんに紫色に咲いているまんなかに、小さな地蔵さんの首がすえてあった。それは彼女が、つけ物石を探している時、河原でみつけた物で、何だか、立派な広場のまんなかの噴水にぬれている彫刻よりも一層、彼女の庭で所を得ているようにみえた。又ほんの「鍋一つ」で父親（船の司厨長だった）ゆずりのおいしいものをよく作ってくれた。ある寒い日に訪ねてがたがたふるえていた時には、彼女は、

「寒けりゃ、これあてごうたらええわ」とふとんならぬ発砲スチロールの板を膝にのせてくれたりした。万事型にはまることなく、生活を考え、その独創の中に彼女の哀歓と、美意識がこぼれ出しているのであった。それが又始終キラキラと輝いているのがみられた。（永瀬清子「港野喜代子のことども」『かく逢った』編集工房ノア、一九八一年十二月）

永瀬清子は、港野さんの料理を食べたことがあり、彼女の生活はいつも決して経済的には豊かならぬものに思えるのに、ふしぎと作ってくれる食事は創意工夫と自信にみちていたといい、次の詩を引く。

きょうひと日この鍋に頼りて
雑雑の糧を創意に温む
明日のマナを信じ
つつましくもあるか
鉄《かね》うすき鍋一つ

（「鍋一つ」『港野喜代子選集』編集工房ノア）

まさにこの詩を書く資格が港野さんにはあった、という。
死のその日、彼女は、二十年目にできた詩集『凍り絵』（編集工房ノア）を重くかかえて、大阪の友人たちにくばって歩き、ひとり家にかえって、風呂の中でなくなった。

二

永瀬清子は、一九〇六年に岡山県でうまれた。一九二七年に、愛知県立第一高女高等科英語部を卒業。このころから、詩を発表し、一九三〇年に詩集『グレンデルの母親』、一九四〇年に詩集『諸国の天女』を出した。

諸国の天女は漁夫や猟人を夫として
いつも忘れ得ず想つてゐる、
底なき天を翔けた日を。

（「諸国の天女」『永瀬清子詩集』思潮社、一九七九年）

この詩のそばに、近作の「女の戦い」（『あけがたにくる人よ』思潮社、一九八七年）をおくと、初期詩篇のもつ骨太な形が、生涯を支える力をもつものとして今もそこにあることを感じる。この詩は、結婚からはじまる。

「あの子はこれまでいつも我ままに育てましたけえ

あんたもこれからあの子の云う事は
ようても悪うても絶対にさからわんで下さいよ」

と、姑になるべき人から、式がこれからという時に言われたそうである。

私を変えるとしたらどう変える？
「やさしくあれ」
「にっこりして涼しい顔で『ハイ』と云え」
と友だちは教えてくれた
わかっていても私には
長い長い難行だった

曲折をへて、

やがて五十五歳の停年が来て彼が私のもとへ帰って来た。

彼は二度とつとめはしないだろう
そして彼はようやく嫌いな人間関係の「社会」をのがれ、
今までの私の代りに慣れぬながらに百姓になってくれた。
物云わぬ相手は、泥にまみれて草を除り、薬を撒く彼に、おもむろに応えてくれ
労働による収穫はわずかながらも彼の手に。
彼に代って私はつとめはじめた。

やがて夫はなくなる。

彼が亡くなってから私の若い友が
「ご主人はとてもやさしい方でしたね」と云う
「あなたはあの人に会わなかった筈なのになぜわかるの?」と私はきいた。
「私が、あなたと一緒に出かけるためお誘いに伺った時、ご主人が『今日は冷えるからコートを着てゆけよ』と居間から大声で云われました
あなたは

『私はそんなに寒くはありません。それにすぐ車にのりますから』と云って靴をはかれました。
ご主人は
『風邪をひくよ、コートを着ていけよ』『おいコート、コート』『コート』とくり返し大声で呼んでいられました。
私たちの車が出ていくまで。」と云った。
おおそうだった
自分のこと以上に彼は心配してくれたのだ。
でも私はまるでそれをきっと何でもないつまらぬ事のように――。
いつも過剰の愛が彼を無器用にし
そのことが又私を愚かにした。

無器用ではあってもお互いに決して見失わなかったこと
山路はけわしかったのにすこしずつ魂は歩み寄ったこと
難問は次第にほぐれ

圭《かど》ある私も亦いつしかやさしくありえたこと
最後に世にもおだやかな顔で彼が逝ったこと
これが私の半生の経歴だった
今は誰にもとりかえ得ないところの——

活字を追って読んでいると、十年前の箕面のお寺できいたかざりのない語り口にのって、この詩がひびいてくる。

渡辺恒夫『脱男性の時代』（勁草書房、一九八六年）によると、男性は、出生と離乳によって女性である母親から身体的にわかれ、さらに男性として自己を確立するために精神上の分離をなしとげなければならない。

意識と表面上はたやすくできるようにみえるけれども、深いところでは母と一体でありつづけ、つまり母と同じ性別でありつづけ、原初的な意味での女性でありつづけ、現実の女性をまのあたりにしてこの原初の女性がめざめた時、女性羨望が意識と無意識の隔壁をつきあげる。

《男》であり続け、男としての厳しい責務を果たし続けるためには、羨望はたえず抑圧され、意識から遠ざけられねばならない。

この見方をそのままそっくりうけいれないとしても、男がうまれてしばらくのあいだ、そして老いてからのしばらくのあいだ（これは今の日本ではかなりながい）を見わたせば、女にくらべて男ははるかに弱い。ただ会社にかよっている期間、男のほうが給料が高いのでいばる習慣がつき、会社に入るという目的に学校制度がつくられているので、学校教育のあいだ男は女よりえらいようにふるまうことをゆるされている。しかし、生涯というがくぶちの中で見る時、「女の戦い」にあらわれるような、ゆったりした視野がなりたつ。男がその視野を自分のものとしてわかちもつ時、別の考え方が、社会に根をおろす。

三

男に対してだけ、そのように大きな風景がひらけるのではない。永瀬清子のえがく小さいポートレートには、ほとんどミニエチュアといってよいほどの小品にも、大きい景色の中におかれた時のその人の一瞬がえがかれている。『かく逢った』の中の壺井栄、長谷川時雨、葛原勾当と小倉豊文、光田健輔と田中文雄、正宗白鳥など、私は何度も読みかえしてあきない。

『海鳴り　3号』(編集工房ノア、一九八七年七月)に、岡山で知りあった深井松枝のことが出ている。この人は、永瀬清子が自分のうまれた村で百姓をはじめたころ、永瀬の家の前をよくとおる女性だった。隣村にくらしていて、駅に出るのに、永瀬の家の前をとおるのだった。やがておなじ汽車にのりあわせて話すようになった。彼女の話すことは常に本質をついているので、ただの世間話ではなくて、すごくまじめに物を考えている人だと判った。しかし固くるしくはなくて、いつも物柔らかであかるいのだった。今の結婚の前に結婚していたことがあってはじめ神戸に住んでいた。

その頃のことか、岡山へ移ってからか、長雨がはげしくつづいて川の堤防が切れた。彼女が窓から外の様子をながめていると、以前つとめていた時の同僚が、びしょぬれになり子供をつれて避難していくのが見えた。

彼女はせめて着物をかわかしてあげたり休んだりして貰おうと、大声でその友人の名を呼んだ。

　でもその友には大雨の中で聴こえなかったとみえ、こちらを向かずに去っていく。ふたたび大声で呼びとめようとした瞬間、うしろに夫が来ていて、力まかせに彼女をうしろに引き寄せ、パッとその窓の障子を閉めてしまった。

　それは落ち目の人を呼びとめて一文の得にもなることはないとそろばんをはじいたからで、彼女の気持とまるで正反対なのである。何とかして友のため役立ちたいと彼女は願って、お茶漬の一杯もたべて貰おうと思ったにちがいないのに、彼はそこを見越して逆手にピシャンと窓をしめ切った。

　が、彼女の心はそれと同時にこの人を見限って離婚の決心をかためた。これほど心のちがう人と何年待ったとて同じ気持になる筈はないと、すぐその時、親元へ帰った。

　そこにも見事な行為の人である彼女がみられる。その頃の事であるから親も親類も手を変え品を変えて離婚するなと説得したのであったが彼女の心は変わらなかった。

やはり最初の結婚をしていたころ、こんなことがあった。

神戸にいた頃、近所のロシア人のおばあさんと仲良くなり、彼女がトルストイを知っているかときくので、松枝さんは「カチューシャ」の物語を知っている旨を言うとおばあさんはたいへん喜んで、今日はトルストイの命日なのでご馳走するからいらっしゃいと言い、毎年この日はお祝いするのだと招待してくれた。それはお手製のお料理であったがずいぶんおいしくたのしく、おばあさんはワンピースの上に、日本の古代紫のちりめんの紋付の羽織をはおり、それがたいへんよくうつったすごい盛装でした、と語ってくれた。彼女の話はどれをとってみても拡がりがみえ、心がみえ、私にはたのしいのであった。日本で老若二女性が文豪の魂をなぐさめるべくつどっている図はなんとほほえましくうれしいものだろう。(永瀬清子「アメリカ大統領よりも」『海鳴り　3号』一九八七年七月)

四

正宗白鳥が文化勲章をもらった時、岡山の出身なので、地元でおいわいがあって、そこで祝詩を読んでほしいと永瀬清子はたのまれた。祝詩のかわりに、こんな話をしたそうだ。

三つの意味で、この席に自分は来た。一つには正宗白鳥がこの地元の祝賀会に出席されない正直な頑固さに敬意を表するため、二つめにはしかしここにあつまった方々は正宗氏のこういう態度に不満をもっておられるかもしれないのでそのわけを私なりに考えてみたいため、三つめにはその頑固な白鳥氏におかえしに一本まいらせたいためである。

第一の白鳥氏の頑固さについては私もあやかりたいので、あらためて言わない。第二の白鳥氏の祝賀会欠席については、白鳥先生は文化勲章をおもらいのことを大して名誉とも思っていないことが最大の理由であろう。

なぜならば政府というものは白鳥の文学を理解して勲章をくれたのではないことを白鳥は知っている。たとえば戦争中に「細雪」を書いてはならぬと禁止した政府は敗戦後に舞台がかわれば谷崎に勲章をさずけた。舞台がまたひとまわりすれば、今は勲章をくれる政府がまた白鳥氏に書いてはならぬと禁止するかもしれない。みなさまは白鳥氏をごうまんな人と思われるかもしれないが、白鳥氏はこれまで国家のため政府のために書いたことがないとおなじように郷土のためと思って書いたこともない。その白鳥が郷土の人たちから花輪をもらうのは気はずかしいと感じるのは、美しいはにかみの心で、それをお察ししたいと思う。しかし、ここにこんなにたくさんの方々が来てお祝いをされるのを見て、自分はいらぬお世話だと思っているのではない。たとえ白鳥氏がどう思っていらしても私たちが誠意をもってお祝いすることをうれしいことと私は思っている。

ですからここにあめのうずめの命《みこと》そっくりの顔をして出て来て、そうかそんなに面白い会だったのなら僕《わし》も行ってみればよかったと思わせたいためのおしゃべりをしている次第で御座います。

そして白鳥氏がいろいろの意味から出て来られなかった事も、白鳥氏としては無理からぬお気持ではありますが、県民の心として考えればやっぱり彼は頑固おやじにちがいありません。そこで出て来られぬ返礼に私は何か一本まいらせたいと思うのでありますが、丁度私の友だちの岩田潔と云う俳人が正宗白鳥と題してこんな面白い事を云って居りますので、それをお粗末ながら進呈して今日出て来ぬ面当《つらあて》にいたしたいので御座います。それは正宗白鳥はやっぱり立派な芸術家でありまして、いつも冷静な心で世の中を批判して居ります。いつも現実をみつめて人間性をむしろ冷たい位にみつめて居られます。そうした芸術境を岩田さんは曰く、白鳥の芸術こそ「胃散をのんでいる厭世主義者」だと云うのであります。つまり本当の厭世主義者ならさっさと世の中をおさらばしたらいいでしょうに、白鳥氏はいかにも厭世主義のようなことを口にしながら、自分の健康だけは大事にして、充分保養していると云う皮肉な観察なのであります。もし今日の御欠席をどうしても気にくわぬと思う御方は私のこの御返礼の言葉で腹の虫をおさえていただきたいので御座います。

数日後、別の村に居る義弟（永瀬清子の）にあったところ、その村の村長は文化勲章祝賀会に出ていたらしく義弟がこのあいだの会はどうでしたかとたずねたところ、

「それがね、いやはやとんだ事でしたよ、何とかいうへんな女が出て来てね、はじめから終りまで白鳥先生の事を糞味噌にやっつけたんでさあ」といっていましたよ。

僕はそれが姉だとはいえないから笑ってましたけどね。（永瀬清子「正宗白鳥先生の偏

屈」『かく逢った』）

この文化勲章祝賀会始末記には、東京からはなれたところで主婦としてくらしているものの自由がある。同時に、東京の言論界よりも地方生活のほうが上だというこわばった態度もなく、両方を見わたす気分があらわれている。

（『らんだむ・りいだあ』潮出版社・一九九一年三月・初出「潮」一九八八年一月）

＊永瀬清子（一九〇六―一九九五）　編集工房ノアからエッセイ集『かく逢った』（一九八〇）、『光っている窓』（一九八四）出版。『港野喜代子選集』（一九八一）を編集。

かざりのない二つの原則――富士正晴

富士正晴《まさはる》との初対面は、一九四九年。五十二年前のことである。京大のわきのコーヒー店、進々堂で紹介されて、挨拶を交わした。

富士さんに詳しい人が、私のまわりに多かったので、その経歴を知るようになった。三高を、はじめ理科を受けて合格し、二年つづけて落第し、退学した。次におなじ三高の文科を受けて合格して通っていたが、試験の前に田んぼ道でマムシに嚙《か》まれて発熱し、試験を休んで、以後、行くのをやめた。

マムシに嚙まれて学校をやめるということを含めて、この人の才能だったような気がする。

学校をやめてから、この人は出版社につとめた。そのころ、仕事で中国学者・狩野《かの》直喜《なおき》のもとに出入りし、筆跡を賞められた。狩野先生の次の世代の京都の学者にあたる桑原武夫は、戦中から富士のおもしろさを認めていた。狩野先生にたいする信頼によるのかもしれない。

富士正晴編『桑原武夫集』（彌生書房）という本がある。いま古本屋で出合えば、五十円くらいで手に入る本と思うが、桑原さんの二種の著作集、何冊かの選集よりも、私はこの本が、桑原武夫のスタイル（ものを知るスタイル、言い表すスタイル）をよく伝えていると思われて、長く私の枕元においている。

私の推測では、桑原さんは、文章において富士に及びがたしと思っていたのではないか。過度の洗練を桑原さんは好まず、技巧なく、今切ったあとのあざやかさを好んだ。富士正晴の文章には、見てくれの無さがある。

進々堂での初対面以来、富士さんから本をいただくようになり、私もお返ししたが、こちらの読みにくい本にも反応があり、私が編集に加わっている『思想の科学』にも、文章をもらい、画ももらった。

画が残ったあと、これはどうしますか、とたずねると、「百円で買ってくれ」というので、百円ずつ送って、画は表装して今も私のところにある。どうもこんなに安く手に入れて悪いと思ったので、富士さんの最初の展覧会には毎日でかけて来訪者をもてなし、そこで二点ほど買い入れた。そこに訪ねてきた政治学者・高畠《たかばたけ》通敏《みちとし》と、ベトナム北爆にかぎって抗議する新しい市民運動の形を相談し、それは、小田実《まこと》を代表にむかえてべ平連の発足にみちびいた。そのことは富士正晴と関係がなく、私の思い出の一部である。

敗戦から十年もたっていないころ、新日本文学の座談会のあと、花田清輝《きよてる》との雑談で富士正晴のことが話題になり、私は富士さんの字がすばらしい。詩、散文、最後に小説、と言ったところ、間髪いれず花田が、いや、富士の小説は、今もてはやされている小説にくらべて、成熟していないとは言えない、と言った。「成熟」という言葉が耳に残っている。

花田がただしく、私はまちがっていた。そのときから四十年あまりたって、私の中で小説家としての富士正晴は、ますます大きくなっている。

戦争に行くとき、富士正晴は、二つのことを自分に誓った。

どうにかして、生きのこる。

戦時を利用して、強姦をしない。

この二つを守って、彼は、もどってきた。

こういうかざりのない原則をたてて、それを守って、戦争を生きる。それはすばらしいことだ。

小説『帝国軍隊に於ける学習・序』は、このようにして生まれた。

「わたしは国とか国民とかいう大きなものを憎むほどの想像力がない。」（『帝国軍隊に於ける学習・序』）

この一行に、私は、頭を打たれる。私が、戦時中、国とか国民というものを憎んだからだ。及びがたし。

富士さんの送ってくれる小説の中で、「一夜の宿・恋の傍杖」に感心した。

戦後の混雑した電車の中で旧知の背の高い女性と乗り合わせ、頼まれるままにその家までついていって、途中、主人公がこれから結婚しようとしていることに女性はいやみを言い、さらにとりとめのない話をするうちに、戸棚の中でうごめく気配があり、女性は、大声を出して戸をあけて、そこに忍んでいる男（これまで同棲していた男が衣服をとりにきていた）が逃げてゆくのを追いかける。しばしの活劇。女性は、自分を捨てて逃げてゆく男を、うらみをこめて追い回す。

このあたりの戦後風俗を、カメラは、高くあがった場所からゆっくりとうつしだす。ドタバタ喜劇が、中世の狂言として見えてくる。

感心したというと、「君も小男だからな」という返事がかえってきた。

何がわたしをこの上に富ませることが出来やう！（「幸福」「三人」二十号、一九四〇年二月、『風の童子の歌』収載）

自分の家に来る人とは、ゆっくりと話し、それをテープにとって商品とすることを許した。自宅から外に出ないから出費も少なく、こども三人を育て、晩年は夫人が透《とう》析《せき》をうけて長期入院していたからたいへんだったと思うが、泣き言を言うこともなく、快活だった。

いいかげんというのではなく、彼の部屋には『諸橋《もろはし》大漢和辞典』がおいてあり、字をそれでたしかめていた。新聞の切り抜きをたくさんつくっていた。彼の部屋にかかってくる電話と、彼の部屋からかける電話の、メモをつくっていた。

作品の評価は甘くなかった。デイヴィッド・ガーネット『狐になった貴婦人』とヴァージニア・ウルフ『オーランド』が気に入っていて、彼の他にそういう読み方をする人を知らなかったので、私も、手に入れて読んで感心した。

世の中のことにそれほど関心をもっていたとは思えないが、花田に私がやりこめられた話は彼の耳に入ったらしく、喜んで私のところにハガキを書いてきた。花田清輝は、彼が関心をもつわずかな同時代作家のひとりだった。

晩年の彼はひとりぐらしだった。ある夜、友人が彼に電話すると、「酒がないんだ」ということだったので、「じゃ、明日持っていくわ」と約束して、次の日ゆくと、雨戸が閉まったままだった。あけると、彼は亡くなっていた。持ってきた酒がとむらい酒となった。

医者の松田道雄は、富士正晴のこの死に方を見事だと言い、心臓を弱くしておかないとこういう終りをむかえることはできないと評した。

『軽みの死者』という随筆集が、彼にはあって、私鉄の急行が六甲駅を通過するとき、そこで飛び込み自殺した久坂《くさか》葉子（富士の主宰した『ＶＩＫＩＮＧ』『ヴィヨン』二誌の同人）がヒョイと彼の肩に重みをかけてくるのが常であった、という書き出しから、その娘の母親が、娘に死なれて三十年たって、富士の絵の展覧会場から明るい声で電話してきて、それからしばらくして死んだという知らせがある。

はじめて「軽みの死者」が出て来てくれたなあ。感謝するよ、わが年長の友人よ。とまあ、こうだ。（『軽みの死者』編集工房ノア）

久坂葉子の自殺は、彼に長くつきまとっていた。彼女がかるく彼の肩にとまるまで長い年月があっただろう。軽みの死者は、富士自身がのぞんでいた理想だっただろう。それを、娘に死なれた母親が見事に実現し、それにおくれて富士自身もまたそれを実現することができた。

私は字が下手だ。富士正晴からもらうハガキは、私にためらいを感じさせた。富士の絵を、偶然何点かもつようになり、掛けて見ることが多くあったが、字だけの軸はもっていない。たのむことをためらっているうちに、彼は死んだ。紙と墨と筆（これはたいしたものではないが）は、ゆずりものとして持っているので、一度彼に来てもらって、書いてもらうとよかったと、彼の死後に思った。だが、私は酒を飲まず、彼に家に来てもらうとすると、酒のもてなしができない。

このことを、富士と親しい杉本秀太郎《ひでたろう》に話すと、ぼくを一緒に呼んでくれたらよかった、ぼくが酒の相手をして、富士さんに字を書いてもらって、連れて帰ってあげたのに、と言った。それは、あとのまつりだった。

富士正晴が亡くなって何年もたったころ、出版社の社長の葬式で、富士正晴の妹（作家野間宏の夫人）に会い、その帰りに地下鉄の中でまた一緒になった。

「兄の作品は、どの文学全集にもはいっておりません」

余分なことをきりすてて、主題にまっすぐに入ってくる人である。

「そのうちに入りますよ」

これは、いいかげんな答えではなかった。数日前、私が編集に加わっていた文庫判文学全集（『ちくま日本文学全集』）の続巻に、富士正晴集一巻が出ることに決まっていた。

富士正晴の著作は、生前、どの本も初版だけだった。そのことに心を動かされた大川公一のような読者もあらわれて、この人はやがて『竹林の隠者・富士正晴の生涯』（影書房、一九九九年）という本を書く。他に、島京子『竹林童子失せにけり』（編集工房ノア、一九九二年）が、故人の風貌を伝える。杉本秀太郎・山田稔・廣重聰編『富士正晴作品集』（五巻、岩波書店、一九八八年）が、富士の死後はじめて彼の本として増刷になった。

富士正晴は、はじめは世に出ようという野心をもっていたが、老年に入ってから、自足の境地に達したという説もある。写真家藤本巧の説。私には、そういう印象はない。

むしろ、自分の資質についての自覚は三高の理科、文科ともに退校という経歴にあるようだ。

「わたしは幼少のころからずっと、教えられたことを習うことが全く下手であった。」（「生きた〝教訓〟」、大川公一『竹林の隠者』による）

二十歳のころの詩「パイプ」は、亡くなった師・竹内勝太郎のかたちによせて、こんな感慨をのべている。(「三人」十一号、一九三五年十月、『風の童子の歌』収載)

私にはゆづられたパイプがある、
捨て切れぬ過去がある、
枯葦の間に昨日の影がにほひ、
湖をさまよふ霧。

おし黙る山はいつまでも親しい故《な》き人の面影、
融《と》けて行く一筋の煙をくゆらし、
たつぷりとある時間。

朝々にひらく花びらのやうに
青空は涯もない追憶と希望とを秘め、

私の未来と過去を一杯につめこんだ湖、
私にはゆづられた一本のパイプがある。

（『回想の人びと』潮出版社・二〇〇二年十二月）

＊富士正晴（一九一三―一九八七）　編集工房ノアで『狸ばやし』（一九八四）、『軽みの死者』（一九八五）、没後、杉本秀太郎・廣重聰・山田稔編集『碧眼の人』、日沖直也・安光奎祐編集『風の童子の歌』（二〇〇六）出版。

この詩集に——志樹逸馬詩集『島の四季』

死んで
どこの土になろうとも
またそこから芽生えるであろう
生命というもの
もう一人の私が停っている地上を思う
（「畑を耕《こぼ》つ」）

このように書いた詩人は、戦中と戦後のとぼしい時代の愛生園に生きた。
そこでのくらしは、今日（一九八四年）の日本の都会のくらしの対極にある。かけはなれたところ、だが、それは、今の私たちのいるところをしっかりと照らす鏡となっている。

（『島の四季』帯文・編集工房ノア・一九八四年三月）

＊志樹逸馬（一九一七―一九五九）　十三歳でハンセン病と診断され、多磨全生病院入院、十六歳、長島愛生園に転園、土に親しみ詩を書きはじめる。二十五歳、キリスト教入信。純粋無垢な原初的ともいえる詩を残し、四十二歳で生涯を終える。

ゆっくりした世界——古賀光『富士さんの置き土産』

はじめて古賀光《てる》の文章を「日本小説を読む会会報」で見てからかれこれ二十年。今もう一度校正刷で読んで、あたたかい感じがのこっている。

絵巻物をひろげるにつれてあらわれる、ゆっくりした世界。

またいつか、ここに来られるかもしれない。

主人公富士正晴と私が出会ってから五十二年たった。はじめからこの人の文学に入りこんだのではない。多田道太郎の手びきで花田清輝に開眼し、花田清輝の手びきで富士正晴に開眼してから、この人は私の中に住みついている。二〇〇一年八月十五日

（『富士さんの置き土産』跋文・編集工房ノア・二〇〇一年十月）

＊古賀光＝安光光（一九四一—）　一九六六年から九六年解散まで「日本小説を読む会」会員。一九九七年から「小説を楽しむ会」会員。

彼——黒瀬勝巳

黒瀬勝巳の詩を読みかえしてみると、そのほとんどすべてが、死を指しているのに気がつく。

これまでになぜ気がつかなかったか。

作品が身がわりの死を死ぬことをとおして、作者は生きつづけるだろうと、期待していたからだ。

それにしても私はにぶかった。死ぬことへのねがいを、自分の中に切実なものとして感じなくなっているので、彼の気分がわからなかったのだろう。

冷えていく世界にかじりつき

何を孵すつもりなのか

（「翁のブルース」）

などという聯に出合うと、問いつめられているように感じる。私は口ごもるばかりだ。

夏

僕の掌のなかで
かたゆでたまごになる都会がある
死に絶えた機能がつまった
つるつるした白いたまごのなかに
なぐさめられることのなかった
一人の男の死に様が
僕には見える

（「夏」）

このように彼は、かたゆでたまごをとりあげ、それをむいて、つるつるした白さの中に彼のくらしている都会全体を見る。

　夕立ちがくる
　僕は血のにじんだたまごを
　夕立ちで洗い
　それから口にほうりこむのである

むかれたかたゆでたまごは、彼の口の中に入り、彼の社会生活の場である都会も、彼の口の中に入って、このように転倒して、彼は死の中に生をとりもどしたのではなかったのか。
　都市とおなじくおふくろさんもおなじく、等身大から小さくされ、彼の尻ポケットに入るように姿をかえられた。

　おれはおふくろをめくり
　おれはおふくろをくりかえし読む

いまではおふくろは文庫本くらいに小さくなり
おれの尻ポケットにも楽にはいる
（「文庫本としてのおふくろ」）

いつでも尻ポケットからとり出して、らくに読めるのなら、これから読みものに不足することもない。おふくろなんてものは、読みつくせるはずはないのだから。せっかく、そういう読みものをつくりだしながら、どうして、読みつづけなかったのか。

彼の詩には救いがある。しかし、詩は人間を救いはしない。

では　逃げるとするか
世界は　これでなかなかしぶといし
（「逃亡の唄」）

つぶされたカニのコウラのような形を、彼はうたってもよかった。幻燈の世界の中にかえろうなどと考えて、彼の求めていた形は、くっきりとしていすぎた。
われらはすでに幻燈機の中にいるのだから幻燈機の中に入ってゆく必要はないだろ

うに。しかし、それは理屈にすぎない。

（「夢幻」十四号・一九八一年九月）

＊黒瀬勝巳（一九四五―一九八一）　編集工房ノアで『ラムネの日から』（一九七八）、没後に『幻燈機のなかで』（一九八一）出版。

私の敵が見えてきた——多田謠子『私の敵が見えてきた』

二十九歳で病死した女性弁護士の記録である。この人は、三里塚闘争、東アジア反日武装戦線の被告の弁護に打ちこみ、一九八六年十二月十八日に急死した。

めぐまれた家庭に育って結婚し、京大卒業後、司法試験に合格して弁護士になった。その間いつも自分の安定を保証しているこの秩序をかえたいという希望をもち続けた。その希望が急激な転回をとげたのは、中学一年生のころ、自分より本格的な生き方をしていると思っていた学友と、十五年後に再会してからである。

十三歳、中学二年生のころの手紙がのこされている。「こうして私が夢想にふけっているときあの人は？　ちっちゃなちっちゃなお国がありました　そのお国はネー幸せなんですよ　ＡＭＰＯもなんにもないんです。みんながみんな自由に生きています。

そこは社会主義の国でした。いたってのんびりした国でした。私は、旅にでて、そんな国にであいました」

おくられずに終わった手紙の宛名の人は、「いい学校」には行かないという選択をして仲間からはなれ、国鉄労働者となって主人公と出会う。「あの頃の私を鮮明に覚えていてくれたあなたと、一五年後に私なりに胸を張って会えたことを誇りに思います」「分割民営で、三人に一人という一〇万人の首を切る攻撃を前にしてひるむことなく、仲間を裏切らずに闘いつづける意志を持った少なくない仲間がいることは、たとえ首切りが貫徹され、国鉄労働運動が敗北したとしても、将来の希望の手掛かりになるでしょう」「生産手段の社会化と、労働者が主体となった生産の計画的・合理的な組織化は極めて現実的な課題であり続けていると思います」

この手紙への返事。「あなたからいただいた手紙、一九七〇年の日記帳にしまいこみました。十三歳の私にとって最高のよろこびだと思うので」

一九七〇年から八七年までは、経済大国の中で権力批判の気風がくずれてゆく時代である。この時代の底に、このような往復書簡がかわされたということを、この本は一つの事実として私たちに示す。のこされた人による「臨終記」は、人がともにいるというのはどういうことかをつたえる切実な文章である。

一九八六年の年賀状に多田謠子は書いた。「私は、私の敵と闘い続けるわ――と言い続けて、一六年がたったような気がします。その間、私の敵は、何度も、見え隠れしましたが、敵は敵。また、のんびりと、闘い続けたいと思います」

（「朝日新聞」書評・一九八八年二月一日）

＊多田謠子（一九五七―一九八六）　弁護士。浅草橋闘争事件、三里塚国家賠償請求事件、宇賀神寿一君控訴に関わる。父は多田道太郎。没後、『私の敵が見えてきた』（一九八七年十二月）編集工房ノア刊。

青西敬助に託す——川崎彰彦『夜がらすの記』

連作の主人公は、いそがしさという日本病に感染していない、まれなひとりである。不義理と貧しさとをつよい意志によって保てば、こういう懶惰をたのしむ余地が、まだこの国にはある。

それにしても、この主人公でさえ、時として考える。

「おれは物もちになりすぎているのではないか」と。

これは死を賭しての風雅であり、現代の平均とつりあうほどの自分なりの重さを読者につたえる。

この物語に私ははげまされた。

（『夜がらすの記』帯文・編集工房ノア・一九八四年五月）

*川崎彰彦（一九三三—二〇一〇）　編集工房ノアで『わが風土抄』（一九七五）、『虫魚図』（一九八〇）、『夜がらすの記』（一九八四）、『冬晴れ』（一九八九）など九冊出版。

この人の視角——永瀬清子『かく逢った』

壺井繁治のとなりにすわった時、その靴下が毛糸のすばらしい手編であることに気がついた。それは心打つ靴下であったという。靴下から入って、詩人とその妻である小説家（壺井栄）のそれぞれの作品への適確な批評へと進む。この流儀は、萩原朔太郎、佐藤惣之助への批判にも独特の切り口を見せる。

この人は流暢でない語り口の故に、味わい深い話をする。同郷人正宗白鳥が文化勲章をあたえられた時の祝賀演説の次第は、白鳥の人と文学、その二者に対する永瀬清子の評価、さらにそれら三者に対する岡山県人の反応という四者の角逐をえがいて一つの本格小説をくりひろげる。

（『かく逢った』帯文・編集工房ノア・一九八一年十二月）

戦時、戦後をおなじ人間として生きる——天野忠『そよかぜの中』

中国戦争のころ『リアル』という雑誌の同人の中には軍国主義の側にかわった人のいる中で、この人が生活の中に自己を没するような仕方で、もとからの自由な見方を保ったのは、どういうわけだったか。

随筆集を読むと、かねがね知りたいと思っていたそのわけがわかってくる気がする。

「そんな思想は感情論にすぎない」

という批判の流儀が私たちの間にのこっているが、そういう批判をおしもどす力のある感想文集だ。壮烈というにはほどとおいおだやかな感情の持続の中に、戦時戦後をおなじ人間として歩きつづけるこの人の思想がはぐくまれた。

（『そよかぜの中』帯文・編集工房ノア・一九八〇年八月）

＊天野忠（一九〇九―一九九三）　編集工房ノアで詩集『讃め歌抄』（一九七九）、『私有地』（一九八一／読売文学賞）、『続天野忠詩集』（一九八六／毎日出版文化賞）、随筆集『そよかぜの中』（一九八〇）、『木洩れ日拾い』（一九八八）、山田稔選『天野忠随筆選』（二〇〇六）など十四冊出版。

山田稔を読む

同時代の社会の指導精神から遠く離れて、みずからの痔意識と取り組む『スカトロジア』を起点として、山田稔は二十冊にあまる作品を書いてきた。この生き方は、京都大学名誉教授として、残りの人生を送ることとなじまない。

残りの人生は、ただの人として送る。注文原稿の書き手として締め切りにしばられることともなじまない。

山田稔をかこむこの会は、そういう彼の気風のあらわれた集まりだった。

彼の作品をよりよく理解する糸口になった。

山田稔の作品は、小説と随筆の境い目がはっきりしない。随筆とは、ドナルド・キーンによると、英語ではフォロイング・ザ・ブラッシュということになるそうだが、山田の作品はその境地にある。日本の文章の歴史の中では、俳文の脈絡にある。
そう考えると、彼の制度上の師、桑原武夫の立場からはみ出る。門下の自由な活動をよろこんで見ていた桑原さんの人柄がしのばれる。御両人へのえこひいきをこめて、そう思う。

二〇〇六年五月一〇日

（セミナーシリーズ鶴見俊輔と囲んで〈4〉『山田稔　何も起らない小説』序文・編集グループ〈SURE〉・二〇〇六年七月）

＊山田稔（一九三〇―）　編集工房ノアで『北園町九十三番地―天野忠さんのこと』（二〇〇〇）、『リサ伯母さん』（二〇〇二）、『スカトロジア―糞尿譚』（復刊・二〇〇四）、『八十二歳のガールフレンド』（二〇〇五）、『富士さんとわたし―手紙を読む』（二〇〇八）、『マビヨン通りの店』（二〇一一）など出版。

V

私たちの間にいる古代人——『石牟礼道子全集・不知火』第七巻

この人は、古代から来た人かな、と感じる人に、まれに出会う。石牟礼道子は、そういう人だ。

この人の名前を最初にきいたのは、一九六〇年、谷川雁からだった。彼は私に、中村きい子、森崎和江、石牟礼道子、三人の名前を教えた。そのころ東京の編集者の知らない名前だった。今では、広く知られている名前だが、この三人ともが、現代を抜け出ている筆者である。なかでも石牟礼道子は、古代人として、現代日本に生きている。そのことは、「あやとりの記」をふくむこの第七巻の読者にわかっていただけると思う。

太古の人がここに立つと、地球は五千年前とそれほどかわらないように見える。人間同士も、それほどかわっていない。

石牟礼の文章を受けつけると、石牟礼の眼で世界を見るから、そのように見える。石牟礼のエッセイや論文は、ことごとく、石牟礼の眼で見た劇である。

「あやとりの記」や「椿の海の記」のような同時代の記述は、どうしてできるのか。それは著者が幼いときから年寄りとともに育ったからではないか。戦後六十年の今のように、幼い子が老人と離れればなれに暮らし、さらにまた親と子とが離ればなれに暮らすということになると、時代をさかのぼる力はますます日本の現代人から離れてゆくのではないか。

その力がおとろえてゆく傾向は、教育制度をいくらととのえても、学校をいくらつくっても、おぎなうことはできないのではないか。

そのような育ちかたをして古代人となった著者のところに、現代の出来事として水俣病があらわれたとき、この人は、自分の身内から病人が出たということはなく、自分自身がチッソの被害を受けたというのでなくとも、この病気に魂を奪われた。

もし著者が都会で教育を受けた近代人であったとしたら、自分が水俣病の患者ではないのに、患者の運動と一体になるということはむずかしかっただろう。水俣病の患者であったら、彼女は、あのように患者にかわって話しつづけ、書きつづけることはできない。

近代的知識人でないからこそ、この人は、水俣病によって自分の魂が傷ついた。


石牟礼道子のことを考えると、おなじ時代に別のところでおこったベトナム人とアメリカ合衆国の人びとの戦い、そして今つづいているイラク人とアメリカ合衆国の人びととの戦いのことが心にあらわれる。

そこでも、共同体のための自死と、それに思い及ばない近代文明の指導的知識人の二つの感じかたの対立である。高等教育を受けた文明人には、共同体の感情が自分自身の中に湧きあがってくる人びとのことが、想像できなくなっており、それは、戦後日本の高度経済成長を通って自我を成長させてきた人にとって、水俣病におそわれた漁民のことを感じられなくなっているのと異種同型である。

今の教育がさらに進んでゆくと、私たち日本人は、進歩に進歩を重ねて、日本の伝統から切りはなされてゆくのではないか。

私は、日本の都会で育った現代日本人である。石牟礼道子の著作を、自分の感情に沿うて読むことからはじめたものではない。自分の言語とは別の言語の流れに入って読み、この著者の日本語が、現代の日本に生きていることに感謝をもった。

ベトナムを攻め、イラクを攻め、中国と敵対しているアメリカ合衆国の人びとが、自分たちの信じている近代文明に少し疑いをもってはどうかと、私は思う。これを絶対なものと信じてみずからを「十字軍」と見なす大統領演説を、国をあげて支持しているようではどうか。

プラトンは早くから「国家論」でデモクラシーに疑惑の目を向けているが、おなじような疑惑の目をみずからに向けるところまで、アメリカの大統領ブッシュ二世に教養を高めてほしい。

ブッシュは、ファシズムとしてナチス・ドイツ、ムッソリーニのイタリア、東条の日本を、自分たちの現在のアメリカ合衆国から遠いものに見立てているし、それに日本の首相、内閣、および国会議員の多数は同調しているが、現代史の事実としては、ファシズムはすでにデモクラシーを通った国において育成され、成立しており、その育ちかたは、最大軍事力と最大のトミをもつにいたったアメリカのデモクラシーの中で、ファシズムとして成立している。このみずからの姿を直視することなく、大統領ともども米国民が、世界に対している。

この見方、考え方に、一度デモクラシーを通してファシズムに成長した日本が、アメリカ合衆国に後押しされて二度目のファシズムに進んでゆくのに、どう対するか。それには、欧米からの翻訳語を駆使して日本の人民大衆にデモクラシーを教える明治以来の日本国家の流儀ではむずかしい。

日本の大学は、明治国家のつくった大学で、国家のつくった大学として、国家の方針の変化に弱いという特徴を持っている。デモクラシーとか、平和とか言っても、明治国家成立以前の慣習から汲み上げるところがないと、自分らしい思想が強く根を張ることは、むずかしい。

石牟礼道子の著作は、同時代日本の知識人の著作とはちがったものだ。

この人の文章にはじめて出会ったときに私がおどろいたように、そのおどろきが新しい道をひらいたように、特に、現代日本の中での異質性がきわだっている「あやとりの記」、「椿の海の記」に、たじろがずに向かってほしい。著者の中に生きるこどものころ。

やさしい女の人の声で、御詠歌が聞こえました。

人のこの世は長くして
変わらぬ春とおもえども

こんな御詠歌の声を聴くと、みっちんはいつも、自分がこの世にいることが邪魔でならないような、消えてしまいたいような気持になるのです。雪の中を、白い着物を着て笠を被《かぶ》り、白い布で頬を包んだお遍路さんは、睫毛を伏せ、手甲《てっこう》をつけた片手で鈴鉦《れいしょう》を振りながら、片手で拝み、しばらく御詠歌をうたっていました。一銭銅貨を握って出て、お遍路さんの胸に下げてある頭陀袋《ずだぶくろ》にむけて伸び上がり、片《かた》掌《て》に片掌をそえてその上にお賽銭を乗せ、待っているあいだ、みっちんは自分のことを、壊れたまんまいつまでもかかっている、谷間の小さな橋のように感じるのでした。

御詠歌とお念仏が終ると、女の人は恭々《うやうや》しくお辞儀をしました。そのとき女の人のうしろに、いまひとりのちっちゃなお遍路さんが見えたのです。

その子は、背丈も躰つきもみっちんとまったく同じくらいな年頃に見えました。かわいい白い手甲脚絆《てっこうきゃはん》をつけ、白い袖無しを着ていましたが、何やらそれに、墨で字が書いてありました。まだ読めないその字を見たとき、半分壊れた橋になっていたみっちんは、なんだか危なくてならない橋の自分が、谷底に墜ちていくような気持になりました。小さなお遍路さんと眸《め》が合ったからかもしれません。その眸は、まだこの世の風を怖がっている仔馬が、母親のお腹の下に隠れてのぞいているように、みっちんを視ました。お賽銭を捧げたまんま、みっちんがべそをかけば、同じようにその子もべそをかきながら、母親遍路の腰にすがり直して、隠れるのです。自分とおない年くらいのその子が着ている白い経帷子《きょうかたびら》の字を、みっちんは、

——はっせんまんのく泣いた子ぉ

と書いてある、というふうに思ったのです。

「ほら早よ、お遍路さんにさしあげんかえ」

母親が後ろから来て、皿に盛った米を、お遍路さんの頭陀袋にさらさらとこぼしました。とてもよい音でした。

「お賽銭な、子ども衆《し》にあげ申《も》せ」

母親はそういってから、お遍路さんを拝んでいいました。

「この寒か冬にまあ、よか行《ぎょう》ば、なさいます。風邪どもひきなはらんようになあ」

お賽銭な子ども衆に、といわれて、みっちんもその子も怯《おび》えた顔になりました。けれどもお賽銭をさしあげるのはみっちんの役目でしたので、足がおない年の子のところに歩いていって、一銭銅貨を渡そうとしたのです。お遍路さんの女の子が、貰うまいとして両手をうしろに隠しました。小さな掌《てのひら》と掌がもつれるように触れ合って、赤い銅貨が雪の上に落ちました。みっちんも泣きたいくらい恥ずかしくて、両手をうしろに隠して後退りました。

ふたりはほとんど一緒に後退りをすると、くるりと向き直り、あっちとこっちに別れて逃げだしたのです。

——天の祭よーい、天の祭よーい。

みっちんは、心の中でそう叫んでいました。恥ずかしくて恥ずかしくて、雪を被った塵箱や電信柱に、助けて、助けてといっしんに頼んでいました。それから、ふと立ち止まってこう思ったのです。

——天の祭さね去《い》っておった魂の半分は、あの子かもしれん。あの子は、もひとりのわたしかもしれん。

そう思ったらどっと悲しくなって、もうおんおん泣きながら、海の方へゆく雪道を走っておりました。そして泣きながら、

——うふふ、あのお賽銭な、蘭の蕾かもしれん。

と思ったりしていたのです。落ちたまんまの赤い銅貨の上に、音もなく、夜の雪が降りはじめていました。


（「あやとりの記」）


このお賽銭は、母親からもらったものだった。それをおなじ年ごろのこどもにあげるのがはずかしくて、相手のこどもも、もらうのがはずかしくて、お賽銭は二人のあいだに落ちてしまった。手段—目的という有効性の論理からすれば、無効の出来事だ。だが、この文章を読んでいると、人生そのものが無効のことと思える。それにしても、もともと無効のことだから、ここで何をしてもいいではないか、という声が底から湧きあがってくるのでもない。何かほのぼのとした感情。それが、水俣病に出会ったとき、そのもとをつくった会社に立ち向かって退かない力をつくる。

ここには、欧米の科学が日本に国策によって輸入され、国家によって育成されてか

ら、国民のあいだに広く分かちもたれた科学言語と平行して、民衆の生活の中に受けつがれてきた共同の感情言語がある。石牟礼道子の祖母、祖母を育てた共同体へとさかのぼってゆくと、どこまでさかのぼることができるか。

日本語と日本語文学の歴史は、今の私たちの学問ではわりあいに新しいものと思われているが、ヨーロッパの英語と英文学、フランスと仏文学より古い。英語ではチョーサーの『カンタベリー物語』は、今の英国人がきいてわかるし、フランス語では、中世の物語詩『ローランの歌』は今のフランス人がきいてわかる(らしい)。日本では、『万葉集』の柿本人麻呂の歌は、今の日本国民がきいてわかり、その『万葉集』は『カンタベリー物語』と『ローランの歌』よりも年代は古い。

日本語と日本文学のつながりを通して、私たちは、日本の伝統をとらえる道を新しく見出す。その道を、石牟礼道子は、ひらいた。アメリカに対する敗戦からかんがえはじめるのでなく、明治国家の成立からはじめるのでなく、明治国家成立以前から長くつづいていた言語と感情の歴史から、法律も哲学もとらえなおす道がある。石牟礼道子を読んで、思うのは、そのことだ。

(『石牟礼道子全集・不知火』第七巻解説・藤原書店・二〇〇五年三月三十日)

見えてくるもの

十五年前、もうろくのきざしを感じたときから、もうろく帖という雑記帳をつくって十四冊目になる。

イギリスの作家・エッセイストE・M・フォスターのつくっていた『コモン・プレイス・ブック』（書き抜き帖）から思いついたもので、その本には、フォスターが再読するときの今の感想を書きつけてある。

たとえば、T・S・エリオットの『四重奏』を引いて、昔はただ感心して読んだものだが、今、原爆投下を通ってから読みかえすと、著者が人間の苦悩を美化することが行きすぎのように感じられる、とフォスターは書く。

私の書き抜き帖の最初の行は、

老眼になりて見えくるもののみを
まことに見んとこころを定む　島田修二

これからつぎつぎに「書き抜き帖」をここにまた書き写そうというのではない。こんなふうに、現在八十二歳の私の心に残っている戯曲のことを書いてみる。

劇場に足を運ぶことは、むずかしくなった。だが、劇の場景は心に浮かぶ。

ゴーゴリ『結婚』を数日前に読んで、当事者のあわてぶりがおもしろかった。老人になって読むと、結婚をひかえてのあわてかたは、はるか別の国の出来事である。自分にとっては死がくるときにあるいは、あわてるかもしれないが、結婚ということであわてるのからは、遠く離れている。

チェーホフの『かもめ』は、よく思いうかべる。田舎役者として離れてゆくかつての少女のきっぱりとした姿勢が、はじめて読んだ十九歳のころには見えなかったことがよくわかる。戯曲を読む自分を遠く見るという状況だ。

十代の私はロシア文学に熱中していたので、プーシュキン、ゴーゴリ、チェーホフ、ドストエフスキーが、八十代になっても、イギリス、アメリカの作品よりも、親しい。しかし、三十年近く前、ロンドンに滞在して見たシェークスピアの『冬物語』は、演劇として心に残っている。女優チェリー・ルンギの面影も記憶にある。それに、テレビで見ただけだが、ピーター・ブルック演出の『マハーバラータ』。

トルストイにしても、この人の場合、戯曲よりも、小説よりも、民話のほうが、今の私には親しく感じられるが、遺作の中に、「神父セルギイ」という小説があって、これは、十八歳の時にはじめて読んで、心に残った。六十年あまりたった今も、トルストイの数ある作品の中で、優れたものと思う。八十歳を越えて、これほどの作品が書けたということに、あらためておどろく。

舞台上の名作。実際に見て心を奪われるという経験は、劇場に出かけることが多くなかったので、それほどない。歌舞伎の『菅原伝授手習鑑』の「寺子屋の段」をこどものころ見たことは、とてもいやな経験として、今も心に残っている。殊に神風特攻隊を自分の同時代にもったことで、こどものころに見たときの嫌悪感がさらに深まっている。これも名作といえる。

これは、戯曲のかたちで読んだのだが、秋元松代の『常陸坊海尊』は名作と思う。これを、すぐれた芝居として舞台で見たかった。

（「青年劇場後援会ニュース」二〇〇五年五月）

ひとつの時代にしばられないかれら――藤本敏夫

藤本敏夫は本を読む学生であり（こういう学生は少ない）、魅力のある学生だった。下獄する前の日に私の家をたずねてきて、

「明日下獄します。もっと勉強したかったですね」

と言った。

下獄している間に、学生運動は内ゲバを深め、獄中で彼は自分の生きる道を考えた。運動の指導者は、そのときのトップの位置に押し上げられることによって、そのときの目標しか見えなくなるが、彼は、遠くまで時代を見る力をもっていた。出獄してから彼は、納豆をつくり、ヨーグルトをつくり、野菜をつくり、農業を広く生活の一部に取りこむ新しい形の設計を考えた。トップのリーダーがトップである一つの時代に

だけ適応する人となるのではなく、苦しい転換期を切りひらく構想をもつ人となった。

大学から彼のところに、卒業の条件を交渉に行ったとき、彼は、自分との結びつきが機縁となって退学した人がいるとき、自分が卒業することはできないと言ってことわった。

生活のかわり目ごとに彼の残した言葉は消えない。東大生歌手加藤登紀子が獄中の彼と結婚したとき、「知床旅情」で名前だけを知っていた私は、この人は、人間についての目利きだと思った。

(『絆』藤原書店・二〇〇五年三月三十日)

上山春平のあらわれた時

一九四九年の暮れ近くだった。京大図書館前の木造二階建てに人文研究所があった。その二階の部屋に、私がすわっていると、扉があいて、見知らぬ人があらわれた。岡崎から来た上山春平と名のった。私の部屋に、パース全集を借りに来たという。京大図書館に借りに来たが、借り出されていたので、私の部屋にあるかと思って来たという。

私の部屋にはなかった。私は京大では、自分の知らないフランス語でルソーを読む仕事にかかっていたので、パースからは手を離していた。

しかし、京大図書館にパース全集があることをそのときはじめて知った。京大は一九三〇年代の終わりに、洋書を買うことをひかえていたので、ここにパース全集を取り寄せていたというのは、目利きの教授がいたことを示す。G・H・ミード全集も、教授が取り寄せた本で、ここで南博は読んだと言っていた。

パースはここにはなかった。しかしここでパースについてあれこれ話し、この初対面の人が、カントを読み、ヘーゲルを読み、そこからパースを読むことから、哲学の方法を模索していることを知った。

部屋は暗くなっていた。そこでかなり長く話して、彼は帰っていった。食事に誘うとか、そういう時代ではなかった。

暗い中で、そこにない書物について話しあうという時代だった。

やがて彼は、台湾から京都へ、高野山での弘法の修行、そして学徒出陣で人間魚雷の艇長へという経歴の中で、自分のつちかった考え方を下地とした、新しい弁証法をねばりづよく考えてゆく。

私のところで見つけられなかったパース全集を彼はどこでみつけたか、私はおぼえていない。私の中に彼の残したものは、数時間つづけてうむことのない強靭な思索の印象である。


（「UTRADA」27号・こぶし書房・二〇〇五年三月三十日）

池澤夏樹おぼえがき

戦争中は、自分を率直にあらわすことで罰を受ける恐怖から、覆面して歩いていたので、ジャワで「荒地」の黒田三郎とすれちがったこともあっただろうが、彼を話相手と認識することはなかった。中村真一郎、福永武彦、加藤周一を中心とする「マチネ・ポエティック」の集まりについては、その存在さえも知らなかった。

戦後しばらくして、『マチネ・ポエティック詩集』を手にしたとき、その中の原條あき子の詩に心をひかれた。さらに何年も経て読んだ小説『スティル・ライフ』の筆者の母であるとは、この時も知らなかった。

昨年、原條あき子全詩集『やがて麗しい五月が訪れ』（書肆山田、二〇〇四年十二月十五日）をおくられ、その終わりに、池澤夏樹「母、原條あき子のこと」が置かれていた。

この文章は、池澤の作品の中で、ひとつ、別の文章としての位置を保っている。おもしろいと読者に思わせる、しかし読者にこびない書き手として、私は池澤の作品を数多く読んできた。さらにその特徴のきわだつ文章である。

この何年か、私は、著者に会う機会があって、彼が原條あき子（実名池澤澄）の長男であると知ることができた。

昭和の文学は、文学の神様と呼ばれた横光利一の『旅愁』を読んだとき、鷗外、漱石、露伴とちがって、日本人と日本人以外とのあいだに越えがたい国境を意識して書かれていることを感じた。江戸末期の人、中浜万次郎が米国人について語るよりもつよい鎖国性を感じた。敗戦後開国したあとの日本文学も、その特徴をもっている。

マチネ・ポエティックの人びとは、戦中の鎖国の中で、さらにもうひとつの鎖国をつくって、自分たちの国境を越えての想像力の行使を続けた。その第二世代に属する池澤夏樹は、日本語を保ちつつ、国境の外の人たちと行き来する文学をつくった。

長篇『静かな大地』（朝日新聞社）は日本国内部にある国境外の人びとを描き、『パレオマニア』は、大英博物館の展示物がもともとあった場所に行ってみるという、独特の紀行である。

ここに収録するのは、私たちの仲間に向けた池澤夏樹の話の記録である。ここでも、私たち日本人に対して、地球に住む人びとに向ける彼の姿勢はかわっていない。

二〇〇五年三月二十二日

(『十年後の日本と世界　池澤夏樹』座・さばに　二〇〇六年五月十日)

おなじ著者と六十年――埴谷雄高

一九四五年十二月、『近代文学』が出た。そのころ、私は創刊号を読んだ。そして、わからなかった。

ことに、終わりについている『死霊』という連載小説がわからなかった。この小説の中に入ってゆくのに、私には二、三年かかった。

さらに六十年たって、今、この埴谷雄高についての一冊の本を書いて、ほっとしている。

日本の植民地の歴史はみじかいが、朝鮮、台湾、満州から、明治以後の国民からはみ出した人たちを産みだした。

その人たちをそのまま一九四五年以後のアメリカの腹の中に移して、アメリカ産に育てあげてゆくとき、変化がおこるかどうか。

台湾育ちの刻印を受けて日本国民外の性格を保ち続けた人びとの中に、尾崎秀実《ほつみ》、尾崎秀樹《ほつき》、武谷三男、埴谷雄高がいる。これからアメリカの腹の中に育つ人びとと、この人たちはどうちがうだろうか。

転向というのは、私の育った時代に、自分のぶつかった問題である。張作霖爆殺の知らせが号外で家に投げこまれたとき、私はまだ学齢に達していないので、家の人たちに、誰が誰に殺されたかをたずねた。そのときの号外に刻印された張作霖の姿は今も私の中にある。誰が彼を殺したかは、写真には出ていなかったが、日本人だということはわかっており、その後十何年かにだんだんにはっきりしてきた。はっきりしてゆくと同時に、日本国民による犯人追及はゆるんでいった。今もゆるんでいる。『死霊』の著者の成長は、私が育ったのとおなじ時代だった。さぐってゆくと、この小説の中に、犯人探しの手がかりがあった。

読者である私と著者である埴谷とは、同時代のおなじ主題に取り組んでいることを、やがて私は知った。私よりさらに若い人たちといっしょに始めた『共同研究　転向』が、埴谷の作品と取り組むようになったとき、転向が新しい着眼となる。

今では、転向の場そのものが、アメリカの腹の中にくるまれて、転向の形を見定めにくくなっている。転向の形も特色も、新しく見きわめることからはじめなくてはならない。

それにしても、はじめに得た足がかりを大切にして、前に進みたい。国民全体が、というよりも日本の転向者全体がこれからアメリカの腹の中に入って、転向は変貌する。

雑誌『文藝春秋』の座談会に、日本語のうまい外国籍の人たちの座談会があった。彼らによると。

日本語で話していると、人間のことをとりあげなくなる。

イギリスの王権に対する抵抗にはじまったアメリカ人の抵抗は、やがてイギリス国籍から離脱した集団としてアメリカ国民独特の航路をもち、二百年ほど、その性格を保った。やがて、実質上、世界の諸国家の中で最も富んだ国となり、他の諸国民をおとしめて見るくせを身につけ、諸国民が自分の国のおなじ鋳型に入ることを当然と考えるようになった。それよりも前に、自分たち国民をも、ひとつの鋳型に仕上げる圧力をかける。この過程を、しっかりと、とらえたい。

だが、その記録は、アメリカ国民当人（学者もふくめて）にはとらえることがむずかしいし、すでにアメリカの腹の中に入っている現在の日本国民（学者もふくめて）にも、とらえることがむずかしい。

台湾育ちの埴谷雄高、尾崎秀実、朝鮮育ちの金子ふみ子が、かつて日本国民の押しこめられている鋳型を、日本育ちの日本国民よりもはっきりと、リアルタイムでとらえることができたように、今進行中の、アメリカ国家による日本国民に対する転向の押しつけを、日本育ちの日本人よりもはっきりと自覚することを、ふたたび助ける。

そのときにも、（金子ふみ子のつくりだした非転向の型と並んで）埴谷雄高のつくりだした転向の型は、私たちの現在および未来に手がかりをあたえる。

転向のたのしみに満ちあふれた現代に別の視野をひらきたい。

（「本」講談社・二〇〇五年三月号）

持続の人・飯沼二郎

飯沼さんは、私といれちがいに京大人文科学研究所に入ってこられたので、私と同僚だったことはない。農業経済学は、私から遠い専門分野で、ここでも学問として交錯するところがない。飯沼さんは「朝鮮人」という雑誌を起こして、在日朝鮮人のことを考え続ける場所とした。この雑誌をとおして親しくなった。彼が一つのことをはじめると、それから手を離さない。その持久力にひかれて、四十年のつきあいを保った。

米国の日本占領のとき、米国の中央政府は日本本土に住む朝鮮人を考えるゆとりがなく、占領政府にワシントンから指令がこなかったと、占領軍にいたワーグナーは「日本における朝鮮人少数者」に書いた。その結果、日本に住む朝鮮人少数者に対しては戦前戦中の日本の官僚による扱いがそのまま残った。そのひとつが九州諫早の大村収容所であり、戦後になっても、入国管理法に違反した米国人に対しては、九州のホテルに軟禁したりしたが、日本の旧植民地朝鮮と台湾の出身者は大村収容所に入れた。そこからの一通の手紙にこたえて、飯沼さんは「朝鮮人」という個人雑誌をつくり、大村収容所が、朝鮮・台湾出身の違反者に対する差別処置をやめるまで発行を続けた。

雑誌の中身は、毎号、在日朝鮮人と編集同人との座談会であり、その場所は飯沼さんの家であり、夫人の手料理でもてなされた。

新しい号ができると、飯沼さんはまず予約購読者に送り、つぎに、リュックに雑誌をつめて、京都と大阪の書店に置いてまわった。前に置いたものの残りを回収するのもそのときで、一冊も売れていない時もあったが、めげることがなかった。それは、弁護士小野誠之氏が、朝鮮・台湾出身者への特別の収容所としての働きは終わったということを確認するまで続いた。具体的な目標をかかげて、それが達成されるまで続けるという、稀有の例となった。

これは、京都という町がそのはじまりからもっている、よそ者への寛容という特徴に助けられた。桓武天皇がこの都をひらく前に、京都には朝鮮からの渡来者の集落があった。このことからか、京都には東京ほどの差別がない。日本国内のよそ者に対する寛容ということにも、その特徴は影響を及ぼしている。「朝鮮人」の同人の多くは、京都の外からきて住んでいる者たちだった。

雑誌「朝鮮人」は、飯沼さんが中心にいたもうひとつの市民運動「君が代強制に反対する訴訟」の根底をつくった。戦前戦中に日本に移住を強制されて、炭坑その他の苦しい作業をになうことになった朝鮮人・中国人の子弟に、学校の式典で君が代唱和を強制することへの反対運動である。この訴訟は負けたが、判決はこの運動の根拠を認めた。しかし、日本の教育は、じりじりと、日本国によるアジアへの侵略を忘れる方向に進んでおり、それに対する抵抗は、今後も続けるほかない。

私が生きてきた八十三年、日本の知識人（大学出）は、同時代の日本史について記憶を長く保てない人びとだということを教えられた。同時代人の中で飯沼二郎は、きわだった人である。

（「共同通信」二〇〇五年九月）

都留重人氏を悼む

都留重人は、私の生涯を通して先生と呼ぶ人だ。

それは、アメリカではじめて会ったときに私は十五歳、都留さんが十歳上という、年齢の差によるところが大きい。それまでに、私は日本で小学校卒業という最終学歴だった。この学力差は、昭和年代の師弟関係というよりも、明治以前にあったものに近い。

もうひとつの事情は、都留さんとのつきあいの同時代が、日本にとって、軍国主義時代、アメリカとの戦争の敗戦、戦後の経済復興という三つのちがう社会にかわってゆき、その間に、一貫した理想をもつことがむずかしかったということである。その三つの時代をとおして一貫性のある姿勢を保つ師としての姿をもつ人が、私としては都留重人のほかに見つけられなかった。そのように、私にとって七十年が過ぎた。

都留さんは、私にとって、経済学の師ではない。小学校を卒業したという学歴をもつ、一個の少年として、都留さんの前に立ったので、時代に対する彼の考え方、学問というものについての彼の把握力が、個別の学問上の専門領域をこえて、私に影響をあたえた。

つきあいの初期、都留さんは、細入藤太郎（後の立教大教授）と一緒に共同自炊をしており、そこに私をまねいた。とりの水炊きだった。細入さんはハーバードの図書館にかよってトマス・ウルフの自署原稿の研究をしていた。

そのときの雑談で、君は、佐野碩《せき》のいとこだろうと問いかけて来た。というのは、都留さんの渡米の原因となった日本の高等学校からの放校のとき、つかまえた警察官が、こんなに簡単につかまっちゃ駄目じゃないか、佐野碩ならば共同便所に入っても出てくるときは女の姿になって出てきてつかまらなかったと訓戒をたれたそうである。

都留さんが私に対して示した好意は、佐野碩によるところもあった。

都留さんの部屋には、日本からもってきた本があり、その中にフランス百科全書の中心人物ディドロの対話編（本間喜代治ほか訳）があった。後に、外務省在外研究員だった東郷（当時は本城）文彦をまじえて、都留さんの部屋で、このときには正子夫人による食事のもてなしをうけた上で、「ダランベールの夢」の交読を試みたことがあり、これは、十年後に私が桑原武夫を中心とする「フランス百科全書」の共同研究にくわわる伏線となった。

プラグマティズムの研究に私を導いたのは都留さんであり、ウィリアム・ジェイムズの即興の問題解決、当時ハーバードで知られることのなかったマクス・オットーが環境について人間の活動との関連で定義をしたことなど、都留さんの雑談をとおして私の中に入って来た。

（「京都新聞」二〇〇六年二月十二日夕刊）

＊都留重人、二〇〇六年二月五日死去、九十三歳。

『さんさん録』を読んで

今の日本で、マンガを読んでいる人の中で私はいちばんの老人ではない。私より上に、小宮山量平がいて、九十歳をこえた。

この人は、理論社社長だったとき、昼休みに会社を出て、そば屋で昼食をすませたあと、神田の本屋を歩いてマンガを買い、社内の自分の部屋に鍵をかけて閉じこもって、しばらくマンガを読んだ。

彼のような人は、他にもいるにちがいない。私も、八十四歳になって、まだマンガを好んではいるが、本屋に入って壁一面の新刊マンガに対して、自分の好みによって選ぶというわけにはいかない。

自然に、私にとって三人いる助言者にたよることになる。

その一人に教えられて、こうの史代『さんさん録』（双葉社）に引き入れられた。前にも、この作者の『夕凪の街　桜の国』（双葉社）を読んで、日本のマンガの中の指折りの作品だと思った。

この作品の主人公の参平は、妻を失った六十三歳。息子の家に移るが、新参の老人として、なじむのに時間がかかる。そのなじんでゆく毎日を映している。突然の助っ人があらわれた。それは妻の遺した日記で、これが新しい毎日を送る手がかりとなる。新しい家庭（自分の息子、嫁、孫との）で、食事の支度、あとかたづけに、妻の日記を片手に学びつつ、奮闘してすごす。哲学的発想も、妻は書き残している。

「参《さん》さんがまじめだったおかげで、ヤキモチもやきそこねたわねえ。わたしのしそこねた事をうんとして下さい。わたしの出会いそこねた人をうんと大切にして下さい」

こういうヤキモチ焼きでない幽霊が、作者の創造である。

主人公参平は、読者である私より二十歳若い。学習力がある。皿洗いも、ふとん乾かしも、料理も、見事にこなす。その上に、新しい人とのつきあいかたも、妻の残したメモによって、失敗しながら覚えていく。

幽霊との日常のつきあいを通して、現代の日常を生きていく。きたなだてに生きるには、まだ若すぎる。というより、漫画家が若いと、かえってきたなだてに老人を描くことになるのかもしれないが、この作者の老人の描き方には、ロマンティックなおもかげがのこる。

作者のメモによると、

「いっその事うんと苦手なものを描いてみよう、と思い立ちました。それで『じじい』を主人公にしようと思ったのです」

長谷川町子に「意地悪ばあさん」はあるが、作者にとって、「じじい」になることが冒険だったのである。

老人マンガは、古代中世は知らず、明治大正時の日本ではながく試みられなかった。今、寿命がながくなった日本人にとって、はじめてあらわれた様式である。老人の受け手のひとりとして、心のあたたまる作品であり、実人生において力づけられる作品である。

かつて石川啄木は、「食うべき詩」と言った。『さんさん録』は私にとって食うべきマンガである。

（「京都新聞」二〇〇六年十二月十一日）

女性の力の頂上——茨木のり子

「わたしが一番きれいだったとき」、この人は敗戦に出会った。そういう茨木のり子の詩は、彼女だけでなく同時代の何人かのおもかげを呼び戻す。

茨木のり子、石垣りん、中村きい子、森崎和江、石牟礼道子。それぞれ、自分の詩をもって、戦争の終わりをむかえた。それぞれ、自分の前に、自分が考える道すじがなく、自分自身の詩を抱いて、歩きはじめた。それらが道として見えるのは、敗戦から六十年を越えた今になってからだ。

今は、それが、前に道のなかった、新しい出発だったということが見える。学問のほうでも、新しい出発へのもがきはあったが、戦争に入る前の時代の既成の見方、言い方があって、その中にもつれこんだ。

自分の中に感じを育て、表現をつづけるこの人は、二十歳の娘としてだけでなく、中年、老年として、自分をいつわらずに、社会の動きに対し、その時々の圧倒的な言語に呑みこまれることなく、考えつづけた。

一九六五年、清水谷公園のべ平連のデモの出発点で、この人を見た。三十八歳。

一九九九年、『倚りかからず』に出会った。七十三歳。

年齢ごとに心中の絵は、つみかさなってゆく。おそらく七十九歳で死をむかえるまで。

五十歳を越え、思い立って韓国語を学び、隣の韓国の詩を翻訳し、同時代の日本人をしのぐ国際的視野を開拓した。

日本語は、ヨーロッパのイギリス語、フランス語よりも長い歴史をもつ言語である。その長い年月の中での、中国語、朝鮮語とのまざりあいを経て、主として女性によって家庭内で子供に伝えられ、思想を育ててきた。だが、そこから見る日本思想史は残っていない。その見方が育つのは、これからだろう。敗戦後の六十年の日本思想史を見るときにも、そこから新しい見方があらわれるだろう。

会って話したことなく、戦後がすぎた。この人の死をいたむ。

*二〇〇六年二月十七日死去。(「現代詩手帖〈追悼・茨木のり子〉」思潮社・二〇〇六年四月号)

編集者としての嶋中鵬二

嶋中鵬二は、小学校入学のときからの同級生で、八十年のつきあいがある。文筆家としてのつきあいも、彼がなくなるまで、ほとんどおなじ長さにわたった。

小学生の時に、煙突男の事件があって、教室中がわきたった。小学生の嶋中は、これを長い間見ていて、彼が煙突の上から小便をするところを画にかいた。それが当時の雑誌に出たのをおぼえている。そういうシャッター・チャンスを待ってとらえるジャーナリストとしての才気をもっていた。中央公論社長だった父親の帝王教育によるものだったかもしれない。

五年生くらいになると、学級雑誌に「怪盗X團《だん》」という読みきりの探偵小説を書き、なかなかの出来ばえだった。別の中学校に行ったので、時々あうというふうになったが、それでも、彼は古川ロッパの声帯模写がうまく、それはやがて、ねりあげられた小説のプロットとなった。声帯模写にたくみになった男が、なくなるとき、その妻にものまねでしか言うことができなかったというはなしである。

読んで感心したのは、彼が中央公論社に入って先輩からの伝聞により書いた小文で、廣津和郎の『女給』という小説が雑誌にのったのをモデルにされた菊池寛が読んで、社にのりこんで来たときのことだ。社長の嶋中雄作をなぐるつもりで、腕がみじかいので、すぐそばにいた社員をなぐってしまったという実話である。その才筆に私はあざやかな印象を受けた。ここには廣津和郎、菊池寛、嶋中雄作、昭和文壇の三人の肖像がのこされている。

嶋中の編集者としての日本文学への貢献は、中央公論社発行の日本文学全集の監修者として、日本の諸大家とならんでドナルド・キーンをおいたことにあると思う。日本文学は、古代、中世、近世、近代にわたって、世界文学の中に位置をもっている。そのことを日本人に対して、また日本の外の人びとに対して明らかにしたことが、嶋中鵬二の最大の業績である。

（「朝日新聞」二〇〇七年九月十六日）

福本和夫について

一九四五年、敗戦のとき、私は、福本和夫のことを知らなかった。『創建』という雑誌に、福本和夫の戦争のとおりかたについての回想録が出たとき、はじめて獄中十四年を経ての、戦後への道を知った。さらに、その独自性について、しまね・きよしと清水多吉、いいだ・ももから教えられ、説得された。

こうして福本についての私の知識は、より大きなものに、戦後三十年あまりを経て、かわっていった。

大正期に、福本は弁証法的唯物論を日本の知識人にもたらし、大学生を中心とする左翼知識人を福本イズムによって魅了した。その魅了のしかたを、中野重治が『むらぎも』に、節度をもって描いた。この福本イズムは、日本の官権によって打ち砕かれた。福本イズムは、両方の板ばさみになって、日本の知識人の流行からはずれた。取り残された創唱者福本和夫は、それから、どのように軍国主義下の日本に生きたか？　彼の切りひらいた道は、共産党の佐野学、鍋山貞親とちがう。獄中の日本共産党の道ともちがう。その間の日本から遠くあったソヴィエト共産党ともちがう。
そのことは、戦後六十年、福本を評価し得た人びとの文章を通して、あきらかになってゆく。その仕事の積み重ねが、今、こぶし書房を通して出版されることはうれしい。

（『福本和夫著作集（全十巻）』刊行パンフレット「福本和夫の復権はわれらの時代を超える」こぶし書房・二〇〇七年）

私を支えた夢――『評伝　高野長英』

この本を書いているころ、詩人谷川雁にあった。なにをしているか、ときくので、高野長英の伝記を書いていると答えると、「それは私が先生と呼びたいと思うわずかの人の一人だ」と言う。

彼は、いつもいばっている男だったので、おどろいた。そう言えば、彼の生き方には最後のラボの指揮と外国語教育をふくめて、高野長英の生き方と響きあうところがある。

伝記を書くには、資料だけでなく、動機が必要だ。

私の場合、長いあいだその仕事にかかわっていた脱走兵援助が、一段落ついたことが、この伝記を書く動機となった。

ベトナム戦争から離れた米国人脱走兵をかくまい、日本の各地を移動し、日本人の宗教者がついて「良心的兵役拒否」の証明書つきで米軍基地に戻ることを助けたり、国境を越えて日本の外の国に行くのを助けたりしていた。このあいだに動いた私たちの仲間も多くいたし、かくまう手助けをした人も多くいた。その人たちのあいだに脱走兵の姿はさまざまな形で残っている。

高野長英もまた、幕末における脱走者だった。

彼の動いたあとをまわってみると、かつて長英をかくまったことに誇りをもつ子孫がいる。そのことにおどろいた。それは、長英の血縁につらなることとはちがう、誇りのもちかただった。

こうして重ねた聞き書きが、この本を支える。

私の母は後藤新平の娘であり、水沢の後藤から出ている。そのこととは別に、ベトナム戦争に反対して米軍から離れた青年たちと共にした一九六七年から一九七二年までの年月が、この本の動機をつくった。

もっとさかのぼると、大東亜戦争の中で、海軍軍属としてジャワのバタビア在勤海軍武官府にいて、この戦争から離れたいという願いが強く自分の中にあったこととつながる。

私に与えられた仕事は、敵の読む新聞とおなじものをつくるということで、深夜、ひとりおきて、アメリカ、イギリス、中国、オーストラリア、インドの短波放送をきいてメモをとり、翌朝、海軍事務所に行って、メモをもとに、その日の新聞をつくることだった。私ひとりで書き、私の悪筆を筆生二人がタイプ印刷し、南太平洋各地の海軍部隊に送られた。司令官と参謀だけが読む新聞だった。日本の新聞とラジオの大本営発表によって、艦船の移動をはかることが不利な戦況下で、海軍はそのことを理解していた。

この仕事のあいまに、深夜、部屋の外に出ると、近くの村々からガムランがきこえ、村のざわめきが伝わってきた。戦争からへだたった村の暮らしがうかがえた。軍隊から脱走したいという強い思いが私の中におこった。

とげられなかった夢は、二十年後に、アメリカのはじめたアジアへの、根拠の薄い戦争の中で、その戦争の手助けをする日本国政府の下で、私たちのべ平連（ベトナムに平和を！　市民連合）となった。
その間に私を支えた夢が、高野長英伝のもとにある。

（『評伝　高野長英』再刊序文・藤原書店・二〇〇七年十一月三十日）

歌集『山姥』序——鶴見和子

数日前、京都大学名誉教授（と書くといやがられるかもしれないが）の松尾尊兊《たかよし》氏から電話があって、図書館でおもしろい本を見つけたからと、今日、自転車でそれを私の家まで届けてこられた。

井上準之助編『太平洋問題』（日本評論社、昭和二年十二月刊）。

この本をお借りすることができて、私は、鶴見和子最終歌集への序を書きはじめることができる。

というのは、私の両親が、姉と私とを伯父夫妻にあずけてハワイに行った年が特定できるからである。一九二七年七月、和子九歳、私が五歳の時だった。

いま残っている和子のおそらく最初の文章は、このとき、母親にむかって書いた、弟が言うことをきかなくて困るというしらせである。

九歳の和子は、日本語の文章を書いた。伯父の家とはいっても、自分の家とはちがう行儀が必要とわきまえていた。長女として、弟の行儀にも自分が責任をもたなくてはならないと考えていた。

長女の責任ということは、八十八歳で亡くなるまで、彼女の心にあった。

一九四一年、日米戦争が始まった。私は、合衆国政府からの問いを受けて、この帝国主義戦争について、米国、日本国のどちらをも支持しないと答えて、やがて、三カ月後、連邦警察にとらえられた。はじめ、東ボストン移民局に置かれた。そのころは、敵性外人の旅行は、許可制になっており、その手続きを取って和子はニューヨークから会いに来た。

私の下宿は、つかまった時のままになっており、その部屋の片づけを、ケムブリッジ在住の都留重人夫妻、山本素明と共に、姉がやってくれた。下宿の女主人はエリザベス・ラッセルと言い、おそらくこの人への支払いをも姉は受けもった。敗戦後に私をたずねてきてくれた米国人ストーヴェルによると、女主人は私について悪いうわさを決して述べなかったと言う。

つかまった時、連邦警察は、私自身の柳行李を使って、そこで手に入れるだけの自筆原稿をもっていった。そのため、留置場では、学問とはきれいさっぱり手の切れた毎日だった。だが、ハーヴァード大学の哲学科教授（ラルフ・バートン・ペリー）は、警察と交渉して、書きかけの論文を、留置場内の私に戻してくれた。

留置場まで私に会いに来た和子は、この論文を牢内で書きついだものを、彼女の親しいタイピストにたのんで、手書きからタイプで印刷して、ラルフ・バートン・ペリーあてに送る手配をした。

こうして私は、ハーヴァード大学通学二年間、留置場で半年という身分のままで、一九四二年六月十日、欠席のまま、卒業することができた。卒業式の日、私は日米交換船で、ニューヨークを離れた。

日本に戻ってからの和子と私の暮らしのかたちはちがった。和子は、女であるから、徴兵されない。太平洋協会のアメリカ分室にいて、アメリカ研究をつづけた。私は、アメリカをでるときは十九歳だったが、二カ月半の航海を終わって日本についたときには満二十歳になっていて、東京都の最後の徴兵検査に行った。すぐさまの徴兵ではないが、第二乙種として、召集待ちである。自分なりの工夫で、その間に、ドイツ語通訳として海軍軍属を志願し、ジャワ島バタビア在勤海軍武官府に送られ、大本営発表に載ることのない、敵側の放送を要約する新聞をつくっていた。やがて胸部カリエスがはじまり、二度の手術をへて、一九四四年十二月に内地に送還された。

この間和子は、もとのマルクス主義の立場をかえず、日本の学問の隅に、戦争万歳を筆にしないひとがいることを見ていた。その人たちが学会誌に発表した論文を、私に手渡した。もとからの知己である都留重人、武田清子にくわえて、武谷三男、渡辺慧、丸山真男である。これらに和子自身と私とを加えたのが、『思想の科学』創刊当時の同人となった。

このように、私の誕生から二十三歳で戦後に入るまで、四歳年長の和子は、私に長女としての世話をやきつづけた。

日本とアメリカとでは、長女の役割はちがう。和子は、日本の社会習慣で長女が自分の責任と感じるとおり、私への役割を果たした。

その間、食事をつくったり、引っ越しの世話をしたり、彼女の世話になったことは枚挙にいとまがない。

弟として、私が彼女に返したことは？

ないと言ってよい。

鶴見和子は、宇治市の京都ゆうゆうの里で八十八歳の生涯を閉じた。脳出血後の十年にあまるこの老人施設の自分を、彼女は「山姥」と呼んだ。

八十八年の最後の十年、彼女はこれまでの学者としての文章を、九巻の著作集として刊行し、それぞれを読み直して、巻末に現在の自分から見たあとがきを書きくわえた。それは、身障者から見た近代文明の姿であった。これは、ダルマに眼を入れる仕事だった。

また、彼女が話相手になってほしいと思う当代の碩学との対話を、それぞれ一巻の対話の本にまとめた。これもまた十巻になる。

そして最後に、少女期に出した歌集『虹』に続いて、『回生』、『花道』、『山姥』の三巻を出した。

脳出血以後、幼いころ彼女の習った日本舞踊と和歌とが戻ってきて、彼女を助けた。身体不自由になってからの重心の移動のコツは、幼いころから学んだ日本舞踊の転生であり、生きるリズムとして歌をとらえる見かたは、紀貫之以来の日本の詩学の復活である。

長命の学者は多くいるが、和子のように晩期に入って詩学と生きかたとの交流をとおして自分の学問に新しい境地を開いた人を知らない。また自分が身障者として、老人として生きることが、この国の平和のための戦いの一翼を担うことになるという自覚をもってもいた。

彼女は、味わいについて天分をもった人だった。このことは、学者というものは料理するのが下手だろうという社会的偏見にわざわいされて、広く知られてはいないが、彼女は自分で料理することもたくみだった。味わうということにかけては、亡くなる直前までたのしむことができた。

彼女の看取りは、ゆうゆうの里の職員のお世話になっている。肉親としては、妹、内山章子とその娘たちの金盛友子、小西道子、私の妻の貞子があたった。和子は、山里の自然の中で四季を楽しみつつ、山姥の生涯を終えた。お世話になったかたがたに御礼を申しあげる。

和子の生前、そして死後、彼女の著作を出しつづけてくださった藤原書店のかたがた、社長の藤原良雄氏に、感謝します。

佐佐木幸綱氏から解説をいただいた。朋子夫人とともに和子の歌を読んで選をされた。和子の十代の恩師から三代にわたる薫陶を受けた。めずらしい詩歌とのつながりに感謝する。

二〇〇七年十月一日

（『歌集山姥』藤原書店・二〇〇七年十月三十日）

父から子へ

作家金達寿を偲《しの》ぶ会で、初対面の人が近づいてきて、「私は岩明均の父です」と、あいさつした。

作家の父からあいさつされたことは、私の生涯にそれまでなかった。岩明均は、私が感心している漫画家であるが、これまでに会ったことがない。会おうと試みたことはあるが、会ってくれなかった。ただ、作品の感銘だけが残っている。

その父親が、会ってからさらに十年近くたって、著書を送ってきた。岩城正夫著『セルフメイドの世界―私が歩んできた道』(群羊社)である。

はじまりは、火をおこすところからで、私も、火は木の板を棒で摩擦をしておこすということを、こどものころから本で知っていたが、この本は、これまでに私が読んできた本とちがって、失敗するというところからはじまる。

原始人は、どのように火をおこしたか。痕跡から、その手続きをたどってゆく。

この本を読み進むうちに、私は、なぜこの人の息子が『寄生獣』というめずらしい本を書くに至ったかに、思い当たった。

『寄生獣』の主人公新一は、突然に腕に宇宙からミミズのようなものが入ってきて、わけのわからないままに、電気のコードで自分の腕をしばり、さらなる進入を食い止める。教科書で習ったこともない、とっさの判断による戦いであり、共生の方法である。

この漫画は、私にとって目のさめるほどおもしろい読書であり、八十五年生きてきた中で指折りの本である。

こういう本が現れるまでの長い道のりが、父の著書『セルフメイドの世界』にはある。小学生のころ、国語の教科書で農政学者佐藤信淵（一七六九—一八五一）の何代にも渡る受け継ぎの話を読んだことがあるが、それを思い出した。

原始人などと言っても、現代のわれわれが考えるのは、あやふやな受け売りで、大体が自己教育のプログラムには入ってこない。だが、岩城正夫—岩明均の場合、それは実現した。文明の手続きの中で、見失われる人間を見ることだ。

もし私に余命があれば、この父から息子への思想の流れを調べてみたい。それは明治以後の教育史、敗戦以後アメリカ化した日本教育史の中で、ひとつの逆の流れをつくるだろう。

日本が政治と教育の領域にわたって米国の模倣に明け暮れているこの六十年の中で、それはひとつの逆走の試みとなる。

われらのUSA宗主国においては、一九一一年以来、ひとり生き残った先住民イシが白人社会に出てきたことから一つの動きがはじまる。彼に対面した文化人類学者アルフレッド・クローバーから、まずその妻、さらに娘と二人の息子によって、米国とは違う考え方が、百年をかけて伝えられた。ことに娘のル＝グウィンの書いた『ゲド戦記』は、米国で広く読まれ、日本語に訳され、映画になって、同時代に影響をもっている。

『セルフメイドの世界』から『寄生獣』への流れが、現代日本文化をつくりかえるひとつの力になることを望む。


（「京都新聞」二〇〇七年八月十五日）

加藤周一を悼む

「二番にはなったことがあるけれど、一番にはなったことはない」と、加藤周一は話した。本当かなと思った。

だが、東京の府立一中当時、高等学校を受験できるかどうか不安だったというのをあわせて考えると、納得できた。なんのためにお互いの胸ぐらをとって友人を投げたりするのかわからないので、正課の柔道（剣道との選択はあった）は赤点だったそうだ。高校を受ける直前に、赤点をとってくれたので、旧制の一高理科に入学。さらに東大医学部に進んだ。

学生のころ、「マチネ・ポエティク」を結成。戦時下に、定型押韻詩をつくって朗読する会合を保った。これは軍国日本の中に、もうひとつの鎖国をつくることで、若い仲間にとっては自分たちのとじこもる繭だった。
戦争ぎらいは少年のころから彼の思想の心棒となって、八十九歳の生涯を支えた。加藤周一と話して私が信頼感をもつのは、戦中に彼を支えたこの心棒の存在を感じるからである。

その仕事。彼は『日本文学史序説』(筑摩書房)をもって日本文学史を書き通した。日本語だけでなく、それは数カ国語に翻訳されて、世界のさまざまの人に読まれている。外国人として日本文学史を完成したドナルド・キーンは、加藤周一の日本文学史について、これはむしろ日本思想史ではないかという感想をのべた。しかし、この感想は、日本文学史を他所にして日本思想史はあり得るかという、もう一つの問題を内にもっている。さらに、文学史、風俗史を他所にして哲学史は書けるかという問題があると私は感じる。

とにかく、日本思想史への傾きをもつ日本文学史を加藤周一は書いた。それは、日本語以外で育った人びとが読むことのできる普遍性をもつ著作だった。

にもかかわらず、加藤の評論中、もっとも重要な作品として、雑種文化論がある。それは、異国からきたという区別なく、さまざまのものが日本文化の中に織りこまれ、とけこんでゆく事実に注目したからである。
この国の特性にのみ気を取られて、これを後ろ盾とする軍国主義が同時代に宣伝された。この国家主導の軍国主義に、彼は少年期から、屈することなく立ちつづけた。これが彼に九条の会を発案させたもとの力である。

（「毎日新聞」二〇〇八年十二月十日夕刊）

＊加藤周一、二〇〇八年十二月五日死去、八十九歳。

河合隼雄の呼びかけ

アフリカで誕生した人間が、歩いてヨーロッパを越え、アジアに、さらに、まだ陸だったベーリング海峡を通って、北米、中米、南米へ。今の私たち日本人をふくめての人間の旅を思わせるような想像力の一地点として今を置く。そういう話をする人だった。

河合隼雄が、米国に渡って、先住民のひとりと、岩場で、共に笛を吹く場面に、テレビで出会ったとき、こういう出会いを米国に行ってもつこの人が、今の米国の政治を大きな巻物の中に巻いて見せる器量を感じた。もちろん、今の日本国の政治も。

かつて戦争中の中学生として、成績からいって、全校生徒に号令をかける位置にあったこの人が、中隊長に任命されていながら、号令をかけるのがいやで、やがて陸軍士官学校に内申書で推薦されて、軍人になりたくなくて落ち込んでいた。その気分を、父が察して、中学校の校長に掛け合い、その内申書からはずしてもらったという。父がなにを校長と話しあったのか、家に帰っても、なにも言われなかったそうで、その内容をついに河合隼雄は知らない。

しかし、当然の罰として、彼は、高等学校に入れない。工業専門学校に入った。戦争に負けたので、何とか、高等学校は通らずに、京都大学に入れた。理学部数学科に。しかし、教授が、あなたがたは、三高出身だから、こんなことわかるでしょう、などと雑談的に言われると、あの先生は、自分が三高出身でないと知っていて、わざとあてこすりを言っているんだと感じてしまい、下宿に帰ってから悩んだという。こんな体験が、やがて、そこを脱出してから、『コンプレックス』（岩波新書）という名著を生んだ。

数学と河合隼雄とは相性ではなかった。彼は京大卒業後、高校教師となった後、ユング派心理学の講習を受けて、ユング研究所に留学し、水を得た魚のように、ユング派からの示唆《しさ》を受けて、自分の想像力の翼を伸ばしてゆく。

その事情は、ユングの著作に対照的な境遇で触れた私には、理解できる。

私は、日本の中学校、高等学校、大学を飛ばして、ハーヴァード大学一年生の時に、ヴィーン学団の哲学に触れ、単純な感覚命題の組み合わせで複雑命題を構成してゆく技法を学んだ。「世界の論理学的構築」である。まずきっちりした定義。その基準から見ると、ユングの性格分類学、さらに祖型《そけい》という概念は、はずれていた。祖型は、そのものとして、どこかにあらわれるものなのか。それとも、分析するあいだに直感として感得できるものなのか。そのどちらをもユングは言っているように読め、著作の索引から用語の使われかたを見ると、ぐらぐらしていると感じられた。

そういうユング読書をひきずったまま、二十年近くを経て、天理大学の教授である河合隼雄のユング心理学入門を読むと、今度は胸に落ちた。

河合さんと私とは、このように、著者と読者として出会った。それから河合さんが亡くなるまで、亡くなった後も、その関係はかわらない。その核心は、意味のあいまいなものに、あいまいなままに興味を持ち、無理にそれをねじまげて、あいまいなものを明晰《めいせき》なものに置き換えないという習癖《しゅうへき》にある。

河合隼雄の実物に会ったことはある。親しいと言ってよい。はじまりは、多田道太《みちた》郎《ろう》とともに漫画の共同研究に、一年つきあってもらったことにある。

しかし、漫画よりも、昔話や絵本、人間の底にある、自分でもよくわからない不安とつきあうほうが、河合隼雄に合っていたと思う。そちらのほうが、彼の直感はいきいきと働き、多くの知見をもたらした。

文化庁長官という役職は、彼に新しい洞察の機会を与えたが、そこで彼とともに働くたくさんの人びとへの思いやりが、彼にやめる機会を失わせた。

突然に彼は倒れ、眠り続けた。

その長い眠りの中で、彼はどういう世界にいたのか。根拠をもって書くことはできないが、ヘルマン・ヘッセが戦中に書いた『ガラス玉演戯』のような世界に生きていたのではないか。

それは音楽と演戯の世界であり、もはや文化庁長官として日本国の国境の中に閉ざされない、自由な表現の世界である。

アフリカからヨーロッパ、アジアを歩き続けたあいだに、言語を越え、文学を越えて自然の風物と語らいを続けた人間の想像の世界。人間が人間の境界を越えて、モノと語らう世界である。

それは、彼が生まれてから、父母の保護のもとに、賢い六人の兄弟の中で、丹波篠《たんばささ》山《やま》の風物と生きものとともに育った幼年の世界の復活だっただろう。

すぐれた物理学者であり、時間論の著作を残した渡辺 慧《さとし》は、明治以後の近代の中で京都は、東京と対比して、国境にとらわれない独創的な思索の場を残したという。

その例として渡辺は、湯川秀樹、木原 均《ひとし》、西田幾多郎《きたろう》をあげた。渡辺慧の評価に共感した桑原武夫《くわばらたけお》は、自分の学者生活の中から、内藤湖南《こなん》と今西錦司《いまにしきんじ》を加えたが、私は自分の六十年の京都在住の中で出会った人として、梅棹忠夫《うめさおただお》と河合隼雄をあげたい。

かつて空海《くうかい》、道元《どうげん》、法然《ほうねん》、一遍《いっぺん》を育んだ日本の伝統は、近代化した明治以後はかえって痩《や》せて、国境を越える言葉を育てなくなった。室町時代の世阿弥《ぜあみ》、江戸時代の芭蕉《ばしょう》、近松《ちかまつ》、西鶴《さいかく》にくらべて、衰えている。河合隼雄には、日本のことを書いていても、日本の底にある人間のことを言い当てているおもむきがあった。

時代と国境を越える人というのが、彼についての私の印象である。

そうだ、もう二つある。

一つ。彼はウソが好きだった。会っているあいだに、たてつづけに冗談を言った。総理大臣というのはアイム・ソーリーという時のソーリーだと言う。たえず、アイム・ソーリー（ごめんなさい）と言っていなくてはならない。

そういうウソ話が泉のごとく彼から出てきた。

こういうウソとホントウの区別を越える話をくりひろげるには、長く眠り続ける彼の頭脳は、舞台として適していたかもしれない。

彼は、存在と非存在の区別を越えている場所にいつもいたから、現在の学問の諸領域の区別を越えることができたのだろう。

それにしても、文化庁長官となって、実務を実務として処理できる能力に恵まれていたことが、彼にとって、からかいながら長寿をまっとうすることをはばんだように、私には思える。

二つめ。彼は精神病者として恐れられている人を恐れなかった。そういう人と接触し、そういう人のこの社会に対する感じ方の中から、たえず霊感を汲み取っていた。そういう追いつめられている人との話し合いが、彼の学問の根底を絶えず新しくした。

河合隼雄の活動は、文化とは何かについての新しい定義を呼びかける。文化とは、文字に書き表されたものより広い。まだ表現されない態度や夢に埋めこまれたものをふくむ。

それは大学とは何かについての、新しい定義の呼びかけである。試験制度によって大学に入れない者のもつ文化。大学教授が論文によって書き表すよりも広い文化への呼びかけである。

（『河合隼雄講和集こころの扉副読本』ユーキャン・二〇〇八年）

生命力の無法な羽ばたき——赤塚不二夫追悼

一代の奇才、赤塚不二夫の逝去を惜しむ。

赤塚不二夫を見るようになってから四十年あまり、まだその影響の渦の中にいる。

「ガバチョ・トテシャン」などという赤塚語が、心の底から湧《わ》きあがってくる。薬はまだか、という意味だそうで、頭のよくなる薬を発明した工場に行って、プープー国の使者ピーマンさんがたのむのである。

中国大陸の東北部、旧満州に育ったこどもが、せまくるしい日本に引き揚げてきて、理由のわからないせまくるしさに悲鳴をあげて、自分を息苦しくしている塀にわが身をぶつけている。そのあがきに、彼のマンガは根ざしている。そこに根があるから、どんどん育ってやむことがない。

赤塚不二夫は、それまでの日本のマンガに天窓をうがつ働きをした。

双生児の科学者が共同の研究所の運営にたずさわり、おたがいに入れかわり立ちかわり、その一貫性のない研究で六つ子をおどろかせる「おそ松くん」のひとこまは、世界の科学史をこうも要約できるかと思わせる。クローン羊からクローン人間までの現在と近未来の科学技術への予言を含んでいる。双生児の一人は、倫理にしたがって実験を設計するが、もうひとりは倫理なんぞなんのその、おもしろいところを、くっつけて、とんでもないものをつくろうとする。

日本の英語教育は、百五十年にわたる政府の投資として失敗した。その失敗は、世界諸国の失敗した事業の中で、きわだっている。

戦前でいうと、中学五年、高等学校三年、帝国大学四年をへて英語を書くこともできず、話すこともできず、きくこともできない。外交官となっても昭和の年代に入っては、このままであって、日本海軍のアメリカ艦船パナイ号誤爆について、駐米大使の斎藤博が英語の謝罪演説によって米国人聴衆の信頼を得た例外をのぞいては、公開演説もできない年月がつづいた。

英語はこの長い年月、入学試験で受験生をふるいおとす道具として使われた。

これに対して、天才バカボンは、東京の雑踏の中で旧友に出会って家に連れてきて、夏なので、途中で買った西瓜《すいか》を割っていっしょに食べはじめる。客は留学の機会を得て、明日、アメリカ行きの船に乗るという。二人はもりあがってしまって、パパは客に、いっしょに英語をつくろうと言いだす。庭に種を吹きちらし、西瓜は「タネプップー」ということにしよう、その他、その他。

パパが港に見送りにゆくと、友人は転んで頭を打ち、ほんとの英語を忘れてしまったよと泣き叫ぶ。

馬が跳びはねる情景を「パカラン、パカラン、パカラン、パカラン」と三ページにわたって何十コマも描いて、読者を引きずりこむ、この作者の筆力は、ゼロ歳児にもどった生命力の裏づけによるものだ。その生命力の無法な羽ばたきが、今も私の耳にある。

赤塚不二夫は、ユートピアを求めて、日本の風景に体当たりを続けた。

たとえば日本の社会学は、英語まじりの学術用語でアメリカの学問をなぞりつづける。馬首を転じて、私たちの内部に残されている赤塚マンガの広大な影響を追いかけてみたらどうだろうか。

「ウナギイヌ」というイメージひとつとっても、アメリカ人学者の思いもおよばぬ未来の未来の一点を指し示していると思うのだが。

いま死亡の知らせを受けて、それでも再び奇跡の回復をのぞむ。彼のマンガに入って、彼だったらなしうるか。敗戦後の日本を代表する、とんでもないマンガ家だった。

（「朝日新聞」二〇〇八年八月五日）

＊赤塚不二夫、二〇〇八年八月二日死去、七十二歳。

堀田善衞の背景

堀田善衞は、十八歳で東京に出て来たとき、見るもの聞くものに、失望して、ここからまなぶところはないと感じた。故郷になくてここにあるものは、「シムファニー」(彼の言葉どおり)だけだと言った。

反対に、故郷にあり、ここにないもの、それは、伝統である。

日本は、中日戦争から大東亜戦争に向っている。この時代を受けいれることはできない。

よっぱらって下宿にもどる時、自作の替え唄をひとり大声でうたってもどった。

「アルチュル・ランボーのためならば、なんでいのちがおしかろう。」

こうなるには、故郷の下地があった。彼のうまれそだった高岡は、もと大伴家持がここで万葉集を編んだところであり、千年のつみかさねがある彼の生家は、つぶれた回漕問屋で、その先代の記憶は、おばあさんに残っていて、彼女には、共産党を、民権運動のつづきととらえる感覚がのこっていた。それは、思想が風俗とともにめまぐるしくかわる東京にはないもので、東京に出て来た堀田善衛が東京の思想を見くだすのもあたりまえだ。

やがて東京の綜合雑誌の編集者と酒場でつきあうようになり、一週間のうちにこの人が左翼から勤王党にかわるのをまのあたりにした。

東京とはそんなものと彼には考えられた。

もっとさかのぼると、堀田は、中学生のころに高岡から金沢にあずけられた。アメリカ人の牧師の家で、牧師夫人はヒステリーだった。息子は不良少年で、父親である牧師は手を焼いていた。年齢の近い堀田に訓戒を託した。そこで彼は、教育勅語をひいて、「ユー・マスト・リスペクト・ユア・ペアレンツ」(あなたの両親を尊敬しなくてはならない)と説いたそうだ。、教育勅語の英訳は、そのころ小野圭次郎の英文和訳参考書についていた。

こういう環境にそだったことは、堀田善衞にとって一生ものの財産となった。戦後といえども、日本にどっと入ってきた英語をしゃべる外国人たちに上級人種として敬意を表する気分にはなれない。

むしろ、何年かのうちに発音がよくなる日本の英語つかい教養人にくらべて、インド人のなまりのある英語のほうにしたたしさを感じるし、堀田自身の英語もまた、ひょうひょうたる風格のある英語だった。まずいとも感じられ、ゆっくり、かぎりなくつづく。

私は、ともに脱走兵援助に従事するようになって、彼の英語を実際にきいた。

中野重治は、ソヴィエト・ロシアをともに旅行するようになって、堀田の外国語に助けられたようである。堀田には、イギリス人、アメリカ人だけでなく、ヨーロッパ人に対して、不尊敬を基盤とする独特のかんがはたらいていて、近よってくるソヴィエト・ロシア知識人にたいして、これは口先だけの人、だまされないようにと適切な忠告をしてくれたという。

このするどい、かんは、外国人に対して有効だっただけでなく、日本人に対しても発揮されたようで、戦中のしばらくの東京ずまい、上海ずまいでさらにみがかれた。

藤原定家日記、鴨長明の方丈記への読みは、同時代の国粋者まがいの古典の読みとは一味ちがう道すじをさぐりあてて、戦後のコメンタリーにその足跡をのこしている。

それだけでなく、ヨーロッパに対したときにも、彼堀田は、とくにアフリカと地つづきのスペインをえらび、長期にわたって、そこから世界を見ることをえらんだ。大作『ゴヤ』という評伝をのこすだけでなく、日々の近所の人たちと言葉をかわすことから、カトリック信者が、時にかっとなりやすいプロテスタント信者とは、一味ちがう展望をもつことを知った。日本にもどってからも、法王の回勅の紹介から、私は堀田が、同時代の日本の知識人とは一風かわった、いくらかシニカルな態度をもって活動をつづけるのを知った。

私は、べ平連の同志とはいえ、小田実とはくりかえし会い、一日中つきあっていることもあったが、堀田とはそんなにあっていない。だがつねに信頼し、そして教えられる友人だった。小田はまっすぐにはなし、堀田はつねに婉曲話法(サーカムロキューション)を用いた。

われらの生は　孤独の深みでなんと広いのだろう　と

（「祈り」『批評』一九四三年七月号。この雑誌は、一九三九年八月に吉田健一、中村光夫、山本健吉らによって発行され、堀田善衞は一九四二年末に吉田健一の紹介で、同人に参加した。『堀田善衞詩集　一九四二〜一九六六』集英社、一九九九年六月十日発行）

堀田善衞の文章の中で私は、『若き日の詩人たちの肖像』が好きだ。この一冊には自分の時間をうばわれた。そのことを彼に言うと「それは失礼をいたしました」という答えがかえってきた。

キューバ紀行の中で、社会主義独裁者の中でカストロが野球好きであったことも見のがしていない。

二〇〇八年七月二十九日

（神奈川近文代文学館「堀田善衞展」二〇〇八年十月）

独学その他——鈴木金雪『樹影の中の鳩笛』に寄せる言葉

トウチャンの頭にタンコブつくってアホ

こういう詩を見て、一、二歳児のまなざしが生きていると感じた。実際には父親は、頭にできものができて、それを手術して包帯を巻いているのだが、それをこどもが見ると、こうなる。それをしっかり書きとめるところに詩を感じた。

それ以後何度も、『二流文学』というサークル誌に寄稿された詩を見て、詩集を出したら、とすすめたが、なかなか実現しなかった。

私は、「詩集一冊の会」というのをすすめている。詩集を一冊出した人だけの集まりである。

今回は、何年かおいて二回目のその会になる。

縁あって鈴木金雪と知りあいになって、長い年月がたった。

あるとき、独学という主題について話しあった。鈴木にとって独学とは、フライス工として働く工場から自宅にまっすぐ帰らないことだと言う。喫茶店に寄ってしばらくひとりで考えている時間を独学だとする。

私は学校とは、他人の書いたことを自分が考えたことと錯覚させる機械だと思っている。

こういう人がいる、と感心したので、今日までおぼえている。

詩と散文の区別を私はよく知らない。しかし、この長い年月、私にとって、鈴木金雪は得がたい友人であり、詩人である。

二〇〇九年十一月十二日

(『樹形の中の鳩笛―読書サークル三十五年』喜怒哀楽書房・二〇一〇年一月三十日)

総力戦下の三好十郎

「峯の雪」は、三好十郎が日本国民総力戦の中で書いた戯曲である。それを現在、戦後六十五年の日本で演じるとしたらどうなるか。演じてほしい。そして何が自分の心におこるか。

三好十郎は、たやすく忘れない人である。彼は、知識人出身の左翼作家がきらいだった。政治党派（左翼であっても）に自分まるごと荷担してしまう書き方の人びとがきらいだった。ソ連指導部一辺倒の指導者がきらいだった。

彼の耳には、「太郎よ、おまえはよい子供、おまえが大きくなるころは、日本も大きくなっている」、「出てこいニミッツ、マッカーサー、出てくりゃ地獄へ逆落とし」

という戦時中の歌が鳴っていたであろう。

その耳に鳴り響く歌の中で、これを書いた。

陶工治平は、茶碗を焼くのをやめて、轆轤を埋めることにする。彼の中には、もっとよい茶碗の形がある。しかし、日本軍の特務機関から休暇を得て家に戻った次女を迎えて、急に決断し、会社の頼みに応じて碍子《がいし》（電流の絶縁体）をつくる用意をする。

中国から戻って三日間、ぶっつづけに眠っていた次女が、ふいと出てくる。

「（みなりも変だし、それまで、少しくづれたような自堕落な様子であっただけにその変り目が非常に目立つが、それが少しも不自然でなく、ツンツルテンの矢がすりの着物からニュッと突き出された白い手足が直線的に動くのが、美しい。茶席にあがり、父に向って一礼）失礼。……（棚の方へにじり寄り、花をわきへ、壺を取りおろし、同じ棚にあった水差しを取って水を注ぐ。かすかな水の音）」

こうした総力戦下と敗戦後の金本位の文化の中で、かわらない心はあるのだろうか。九州の山中の人びとの心にある峯の雪は、今もあるのか。

（「民藝の仲間」３６５号・「峯の雪」三好十郎作／児玉庸策演出・二〇一〇年）

島田等について

この人に一度会ったことがある。鳥取県鳥取市の、徳永進の寮で。そのときが初対面で、それから、彼の詩を読んだ。彼の詩はむずかしい。すぐれた読み手である徳永進の論評から引用する。

「失い、捨てることを中心に置きながら人生を静かに獲得してきた島田さんを見ていると、もう一人のぼくは、島の中で、島田さんの中で生きてみたいと思う。」(徳永進「紫色のショウガ――『次の冬』に」)

そのつぎに、「非転向」という詩をおく。途中から。

愛する人から
愛されても理解されることのないかなしみは
私が選んだものだ

一人なら
孤独もない

生きつくし
生きつくしても
私を許さない私であり
私を貪りつづける私である

眠ろう
月は惜しいが

眠ってこそ夢を見る
（『次の冬』）

ハンセン病棟の外には、世界文化の波が来ては去り、それをつぎつぎにかぶって、別様の詩風が交代した。

アラベスクな詩風にかわって日本至上主義。

だが、ハンセン病棟の中では、もはや古いとされたタゴール詩集に読みふけり、その詩風を受けて自分の詩を書く少年がいた。

島田等は、詩だけでなく、広く評論を読み、自分の理論の道を歩んだ。

ここから、日本を見ると、どう見えるか。「水族館」という詩。

魚たちは
いまどきのどの日本人よりも
立派な顔をしていた

顔だけでない

その居住まいの貫禄のあること
優美なこと

西鶴を語るために
水族館をバックに選んだ作家は
例の饒舌で
テキ屋のテクニックまで織り交ぜて
きき手の私を煙に巻くのだが
魚たちは
ガラス壁の間際ですらりと身をかわしていた

（『次の冬』）

彼は同時代からも眼をそらさない。徐俊植の『全獄中書簡』を読み、「歳月」と題して、つぎのように書く。

老いた母は息子を残して死ぬ

囚われたものの尊厳を
だれよりもささえて

（『次の冬』）

（二〇一〇年）

声なき声の会のみなさんへ——本多立太郎追悼

声なき声五十周年の会に出たいのですが、それだけの体力がないので、本多さんについての文章を送ります。

本多立太郎の九十年にあまる生涯の後半生に、私はつきあいがあった。そこには「ため」があった。中学生のころの反戦。留置場入り。父が訪ねてきて、「息子自身にまかせている」と警官に言った。この父への答えの、その後八十年の持続。

六十年安保のとき、すでに銀行の役員だったので、組合に誘われず、ひとりで国会周辺に出てきて、「だれでも入れる声なき声の会」のデモに入り、これまた五十年の持続。

やがて、求めに応じて戦争のことを語る出前話をはじめ、日本だけでなく中国に行き、ここで自分のしたことを謝った。きき手の参加を得て、彼の語りは二冊の小さい本になった。『ボレロをききたい』、『父のこと』。この二つは当代の日本語の散文の中で、名文と私は思う。

彼の住む村まで行って、仲間の話をきいたことがある。仲間が談論風発、じつに活気のある、お互いの話の場ができていた。小学生から引退した老人まで。

本多立太郎は、偉大な日本人だった。

二〇一〇年六月十五日

貴司山治について

一九五〇年から一九六〇年にかけて、思想の科学研究会が、戦時下の転向について研究しました。その途上、貴司山治氏の活動に出会いました。

貴司さんは、プロレタリア文学のせまさを批判して大衆文学への試みをされ、同時に戦時下の国策に同調されず、中国の魯迅への敬意を保たれました。逃走中の同志をかくまったこともありました。

彼の当時の迷走は、マルクス主義を堅持する側からはわるく思われ、批判を浴びることもありました。私は、貴司さんに共感をもちます。

彼の足跡があきらかになることを望みます。

（『貴司山治全日記』ＤＶＤ版パンフレット・不二出版・二〇一〇年）

斎藤真のこと

斎藤真とは、戦後しばらくして、矢内原忠雄主催の赤倉ゼミではじめて会い、東大に対する私の抜きがたい偏見にもかかわらず、親しくなりました。戦中の年月、つらぬき通した真実を感じました。ニューギニアで迎えた敗戦を考えあわせると、事件のとき彼が出張で、東京の家に居あわせなかったことが悔やまれます。異変に際して息子を取り押さえることなど、彼にとって、なんなくできたはずです。

異変以後、言葉をかけにくくなりましたが、言葉をかわすべきことは多くありました。

対中央公論社との決裂の機会となった雑誌『思想の科学』天皇制特集号は、斎藤真が編集責任者として企画したものです。この企画については市井三郎が思想の科学側の代表として中央公論社の編集局長山本英吉から前もって許可を取っていました。それを、営業部の社員が問題にして、右翼にゲラを見せるなどして事件になりました。

このとき、私は持病の鬱病が出ていて、しばらく『思想の科学』から遠ざかっていたので、悔やまれます。中央公論社社長の嶋中鵬二とは、互いに六歳の時からの友人ですが、右翼少年の殴りこみとお手伝いの殺傷があり、大きな事件になりました。

これらのことについて、斎藤真とゆっくり話しあう機会がありませんでした。事件に巻きこまれたことは、斎藤真に対する私の好意を変えません。今にいたるまで、変えることはありません。おくれて、そのことを筆にします。

彼は、誠実を全うした良き人でした。

二〇一〇年十月十四日

（「思想の科学研究会会報」）

森毅の思い出

おなじ不良少年でも、中学校二年になったところで、私は退校し、森さんは中学校、高等学校、大学とつとめあげたのはなぜか。

「鶴見さんに愛嬌がなかったからだよ」と、森さんは言う。

たしかに、森さんには愛嬌があった。そこは、名誉教授として京大を退官し、フリーの評論家になってからも、かわらなかった。

森さんには愛嬌だけではなく、親切があった。ラプラスの魔について、原典はどういうものかとたずねたところ、原典のその箇所をさがしてコピーを送ってくれた。

そういうつきあいのはじまりは、朝日新聞の書評委員をつとめたころだった。おなじ宿に戻って、それから雑談するくせがついた。この仕事は長く続いたので、雑談やおたがいの体の習慣に刻みこまれた。十年ほど続いて、もはや定期の雑談をやめた後で、あれがなくなってから調子が悪いと言っていたが、筑摩書房の『哲学の森』で、もっと大がかりに、長く雑談を続けることになった。

森さんは、とんでもない本を読んでいた。イタロ・カルヴィーノの『まっぷたつの子爵』など。戯曲にもくわしい。これは、こどものころ宝塚の近くに住んで、歌劇学校の生徒たちがよく遊びに来たからではないか。

本を読むのが速く、住まいの八幡市から京都市に京阪電鉄で来るのに、学生が見ていると、科学史の本でもページをひるがえして斜めに読んでゆくのでおどろいたという。

ただ、おなじ日に詩集を七冊送られてきたときは、おなじ速さで読み進むわけにゆかず、めずらしく困っていた。

自分の家は代々、高学歴、無産者と称して、知性一筋で世を渡る気組みをもっていた。その気組みを包んでいるものが、森さんの愛嬌だった。

その愛嬌と気迫によって、森さんはとげとげしい学園闘争をやわらげる力として働いた。私は一九五四年に京大を退いたので、京大の内部で助けを受けることはなかったが、学外で、桑原武夫を代表とする京都市主催の市民講座で、森さんに助けられたことがある。

三年間続いたこの講座で、私は塾頭をつとめていた。京大学長岡本道雄の講演を要約することになったとき、岡本さんの著作を読んで自分なりにまとめるのに困り果てて、森さんに相談すると、学園闘争で各派にはさまれて団交に座った体験から、岡本学長が体力のゆとりから、どの党派に対しても話をきくという姿勢を貫いたということを実話として教えられて、その人柄から考えてゆくことができた。

雑談の中できいた話。きのこの菌糸は、土の中に長くあって、そこにたまたま動物が小便をかけると、キノコが地上に出てくる。これは、京大の教授の発見したことで、その教授の家は、きいてみると、私の家の数軒先だった。森さんは詩集を読むのは苦手だったが、この話は詩趣に富む、ひとつの寓話となって、私の中に長く残っている。

私が一年で退校となった東京都立高等学校尋常科のおなじ教室に、雨宮一郎がいた。そのことにふれると、森さんは、日本ですぐれた数学者を十人あげろと言われたら、あるいは入らないかもしれないが、十一人あげろといわれたら、彼は入る、自分は入れる、と言った。それほどの人が私と同じ教室で、私とおっつかっつの成績で静かに座っていたとは。

やがて森さんは雨宮に連絡して、私の家につれてきた。彼は、二年生の夏休みになる前の日に、学校から私と一緒に、東横線で帰ったそうだ。明日から夏休みだねと、なにげなく彼が言うと、私は、「ぼくにとっては永遠の休みだ。もう学校には行かない」と言ったそうだ。私の退校は決まっていた。

そんなことばかり話していたわけではなく、雨宮一郎が調べていた修道女のこと、宗教哲学についての話もまじえた。数学のことは判定できないが、好もしい男だった。

彼の弟の雨宮健も私のところにきて、兄（すでに亡くなっていた）の思い出を話した。弟も数学者で、カナダの大学教授だった。同僚が解けなくて困っている問題を、では兄にきいてみようと言って問い合わせると、数日で解答を送ってきたそうだ。弟にとって、ずぬけた力をもつ数学者だったという。兄と弟の共通しているところは、ふたりとも自慢しないことだった。弟は、アリストテレスのニコマコス倫理学についての本を訳して出し、ここでは私と共通の話題があった。

もうひとつ、雨宮の弟がこのとき私に話してくれたこと。兄が重病にかかり、見舞いに行くと、彼は今読んでいる哲学の本について語り、つと立って便所に行き、戻ってくると、前の話の続きを話したそうだ。死の前のことだった。

雨宮の弟と私とは、一九四二年夏、おなじ日米交換船で戦中の米国から日本に戻ってきた。彼は七歳だったので、当時のことはあまり憶えていなかった。

日米戦争の年月、また、それ以前の、戦争に向かう年月を、私は森毅《つよし》の同時代人として生きた。森毅は、少女歌劇、三高に入ってからは長唄と三味線を習って、その時代を切り抜けた。私は不良少年として、同じ時代とまともにぶつかって放校された。

二つの道は、敗戦後に出会い、平行し、少なくとも私にとっては生涯で最も長い、愉快な雑談の時間をもたらした。その雑談の流れは、今も私と共にある。

（「京大新聞」二〇一〇年十月一日）

梅棹忠夫の思い出

「屋久島から帰ってきたおもしろい学生がいる。話をきいてみないか。」

と、桑原武夫が言った。私はその下で、京都大学人文科学研究所の助教授として着任したばかりだった。一九四九年四月のことだ。

話は、屋久島がどこにあり、どのくらいの大きさの島か、からはじまった。どういう植物が生えているか。どういう動物がいるか。住民はどうして暮らしをたてているか。魚を捕り、土地を耕し、他の島とのつながりはどうか。そして話は、住民の祭りにまで及んだ。

一時間あまりの話で、屋久島というところが描かれた。

私が京大についてすぐ、桑原さんは、私の隣の部屋におり、たずねてきては、あれこれ話すなかで、「自分は、中学校からの同級生だった今西錦司を天才と思っているのだが、今、君の手がけている『中央公論』の聞き書きに彼を引き出すには、有名でもないし、若槻礼次郎や柳田国男と並べるには若すぎる。とにかく、彼が近ごろ書いた野生の馬についての研究論文を見てくれ。」と言った。

その今西錦司の学問を受けつぐ者が梅棹忠夫だという話だった。

中学校で、今西は成績が悪くて、一学年上だったのが落第して桑原と同級になったというのだから、その後十数年にわたって、今西の力を信じる桑原武夫という人におどろいた。

その根拠は、彼が中学生のころから、登山の指導者として遭難者を出したことがないという点にあった。天候を読み、地形を読み、途中でまずいと思ったら、仲間をなぐってでも引き返す、その実行力にあった。

私は小学校卒業の後アメリカに行ったので、京大にきても、中学、高等学校、大学を通ってきた友人の積み重ねがなかった。梅棹のような考えの組み立てをする人に、私はそれまで会ったことがなかった。

彼が本拠とする京大理学部動物学科に近い、進々堂コーヒー店で、コーヒーをあいだにおいて雑談をかさねるうちに、その感じは深まるばかりだった。雑談は多岐にわたり、雑談の中から、いくつもの主題があらわれる。

私が話していることに、かれは梅棹自身のかたちを与えて、「アマチュア思想家宣言」というエッセイを書いて、雑誌「思想の科学」の三期目のはじまりを飾った。(一九五四年五月号)

それは、私が自分で実現することのできない、新しい日本語で書かれていた。「思想の科学」の行く道を照らす松明だった。

似たような印象を、私は、おなじく今西門下の川喜田二郎のKJ法にも感じた。二人に京都一中のころから登山の指導者として刺激を与えた今西錦司が、オルダス・ハクスリーの『すばらしい新世界』の書評を読んだ。ハクスリー登場のころから注目して紹介にあたっていた東京の英文学教授たちには書くことのできなかった縦横無尽の文明批評が、その書評にはあった。京都にきて一週間後に私をおどろかせた屋久島報告の源流は、これだと感じた。

ところが、理学部動物学科から離れて、京大のキャンパスに出ると、梅棹は私の内部世界とはまったくちがう評価を受けていた。そこでは、マルクス主義が学問の主流となっており、梅棹はなにか変なことを言う男と見られていた。

東京でもおなじようで、大学教授は、梅棹忠夫も、今西錦司も、評価することはなかった。

小学校で六年間、私とおなじ教室ですごした嶋中鵬二に会ったとき、京都でおもしろい人に会ったかとたずねられた。それは梅棹だよと答えると、彼は興味を示した。「中央公論」に連載を書いてもらい、やがて全集を出すに至った。

東京の私の家の隣に住む柳田国男と話をしていると、梅棹忠夫に会ったという。「思想」に出た屋久島論に興味を持って、まねいて話をきいたという。柳田は好奇心を失わない人で、中村真一郎、加藤周一ら「マチネ・ポエティク」の同人の名前も、ここではじめてきかされた。世の中はこういう人から新しくなるのじゃないかと柳田は言う。彼が、梅棹忠夫に興味をもつのはあたりまえのことだった。

京都で梅棹の家を訪ねると、庭に工作器具が置いてあって、五カ年計画で、家を改造すると言う。こんな学者にはじめて会った。家の隅には「暮しの手帖」が積み上げられていた。自宅改造に役にたつと言う。

マルクス主義者は梅棹忠夫の仕事を認めなかったが、梅棹は、マルクス主義に一定の評価を与えていた。こういうふうに世界を解釈すると、こういうふうにまちがうという成果が出たから、それが業績だという。

彼は、一人対一人で話すと、こんなにおもしろい人はほかにいないと感じるほど談論風発するのだが、学生に講義をするのがきらいだった。自分がおもしろいと思っていることに学生は乗ってくれないからだろう。明日は講義だと思うと、胃が硬くなる。胃潰瘍になるかもしれないといっていた。

講義をしないでよいところ。博物館の学芸員になることを望んでいた。長い辛抱に耐えて民族学博物館をつくりあげたころ、しばらく会わなかったが、ラテン・アメリカ研究のテーマでそこに行き、久しぶりに会った。こういうものをつくって、得ることも大きかったが、失ったものも多い、と言っていた。自分の生涯をふりかえってしっかりと考えることのできた人だった。

梅棹忠夫は、私に大きい影響を与えた。私は、こどものときから、運動競技に加わったことが少ない。スキーというものには、アメリカにいたころは、雪の中で暮らしたにもかかわらず、参加したこともない、と言うと、偶然、自分が総指揮者になって、京大の教授と学生を、白馬までスキーにつれてゆくことになっているから、入らないかと言う。

私にとっては大冒険だったが、これに参加して、梅棹方式のスキーの訓練を受けた結果、私は、スキーで事故にあった経験がない。

（『梅棹忠夫：知的先覚者の軌跡』国立民族学博物館・二〇一一年三月）

歿後の門人として

河合隼雄歿後の門人となって、私は、その著作を遅れて読んで、思い当たることが多い。

米国に入国するとき、あなたの宗教は？　と問われる。このとき、深く考えずに、河合は仏教と書いて、あとから、そうかな、と自分に問い返した。

べつに、仏教のお寺に行って、僧侶の教えをくりかえし受けたわけではない。この点が、米国人が自分をキリスト教徒だというのとはちがう。

しかし、なんとなく、自分を仏教徒と感じている。

お寺に行って頭を下げるだけでなく、神社の前でも、頭を下げる。そのとき、自分は神道信者か、仏教信者か、という二者択一の問いは頭に浮かばない。

日本では、現在、離婚する例が少ない。老年の夫婦が、共に暮らす。このことは、仏教によって実現しているのではないかと河合は問いかける。

テレビドラマ「ゲゲゲの女房」の原作者武良布枝は、熟年離婚が近ごろ増えてきたことについて、夫が退職金をもらうのを待って離婚するという策略の進め方に、「人間のすることでしょうか」と異議を申し立てる。彼女が自覚せずに実践している仏教に反するわけだ。こういう日常の行動への導きの糸となっている仏教が、河合隼雄の考える仏教である。

私は、河合隼雄の著作を読んで、自分が自分の生まれた家の両親、姉妹弟とのつながりについて考え直すことがあった。そういう経験が、自分の中に眠っている仏教を起こした。

すでに亡くなっている父、母、姉、弟とのつながりを取り返そうとする努力が続いている。

自分の中に眠っている思想を取り戻そうとする努力は、私たちに伝わっている仏教の経典についての考え方をとらえなおすことでもある。

今度書いた『かくれ佛教』（ダイヤモンド社）は、今まで私の書いてきた本とはちがう一冊になった。

私は仏教学者ではないし、よくない箇所は多いと思うが、今、私の立っているところをこの本で明らかにした。

それでつくせないところは、装丁の秋野不矩さんの絵がおぎなってくれると信じる。

私は、一九四二年六月十日に日米交換船で米国を離れてから、米国に戻ったことはない。だから、入国に際しての、あなたの宗教は？　という問いに対して、仏教ですと答える機会に恵まれることはない。しかし、今ならば、自分流にかくれた意味での仏教徒です、と答えることができるように思う。

国家の決めた決断を、仏教がそれらしいやわらかな仕方で批判しつづけることを、良寛や柳宗悦や橋本峰雄と共に、私は祈る。

（「経Ｋｅｉ」ダイヤモンド社・二〇一一年一月号）

遠慮なく申します

二十一世紀を迎えて、というよりはミレニアム（千年祭）を考えたい。人間は次の千年を生きられるだろうか。問題は、人間が人間を滅ぼす機会に、日本人は二度にわたってめぐまれたことだ。二度の相次ぐ原爆投下の意味を考える機会を今、まだ生きて持っているということ。

つぎに、この機会は、日本国が大東亜戦争をみずから起こしてまねいたものであり、その開戦の当初に日本国民を三百万人殺すという見通しをもっていなかったことだ。そのみずからの計算ちがいを、一九四五年の降伏にあたって、日本人は、いわゆる大学出をふくめて、もっていなかっただけでなく、敗戦後の六十五年、意識の中に保っていないことだ。私は大学というものに対する不信をもつ。大学人の正義が気にくわない。

日本の資源を活かして、小さい国として生きる道をさがす。米国の属国として、しかし、絶えず米国をいやがらせる国であることを求める。二つの原爆を、戦力をなくした日本であることを知りながら（知らなかったとは言わせない）、日本人の上に落とした。それを、生きている限り、毎日々々、ミレニアムにむかって追求したい。そういう余生を私は送りたい。大学は問題ではない。

一億人の日本人のひとりの中に、どういう形で、敗北の力が保たれているか。それを知りたい。それが、私の学問の目標である。

金だけが頼りという形もあるだろう。私は、この六十五年のあいだで、植木等のスーダラ節を日本文化の粋と思う。日本語がもっていたオノマトペを、ジャズの応答を使って活かした、米国支配下でのアメリカ文化の変容でもある。

（「文藝春秋」二〇一一年四月号）

VI

『もうろく帖』第十七巻から

一月八日
敗北の力を見る。
一億の日本人のひとり
ひとりにある敗北の力を。

一月十二日

ここではね《ハネ》たくない。
ファシズムのおこるときの
廣津和郎のように
くすんでありたい。

あとがき

自然の中にあらわれる信号を読みとる。それが、もうろくの達人だろう。同時代人から信号をおくられて、それを読みとく。それが、私には、もうろくのためにに、むずかしくなっている。

この本には、どうやら、それができた（と自分では思っている）例をあつめた。

失敗の例をひとつ。十年前に、村上春樹さんとあった。ドス・パソスの『ＵＳＡ』はおもしろいですよ。そう言ってから蛇足をくわえた。日本語訳では、おもしろみがつたわりません。英語はおもしろいんです。

それが、私のもうろくの初期だった。私は村上さんが滞米十年にわたる人だということをそのとき知らなかった。私は滞米四年。私よりはるかに英語はできるだろう。

村上さんと会う機会は、その後なかったので、この失敗を訂正することなく、今日にいたっている。

村上さんは温厚な人で、黙ってきいていた。このとき彼と会ったのは、『約束された場所で』に感心したからだった。オウム事件は、たいへんな実例である。それとがっぷりとりくんで、まず、この事件についてナマの資料をあつめることから村上さんがはじめたことに敬意をもった。

私自身は、オウムの教祖が虚無から考えることに共感をもった。しかしそこからはじめて、他人を殺そうという決断に至るすじみちが理解できなかった。今もそこに私はとどまっている。

この本の題は、村上さんの短篇から拝借した。この短篇小説も、すぐに理解したわけではない。かなりながいあいだ、この小説の記憶が私の心にとどまって、そういうことかという理解にかわった。そこから自分なりの同時代への見方が生じた。それにつれて、他の同時代への道すじも出てきた。

私は、同時代からはなれたくらしをしている。本を次から次へ読むわけではない。

しかし、同時代の日本に住んでいるので、いくつかの信号を受けとる。その感想をあつめる機会を編集工房ノアからつくっていただいた。この本の原稿をあつめるのに椿野洋美、田村武、横山貞子の助力を得た。感謝する。

鶴見俊輔

二〇一一年三月五日